静听宇宙的声音

——走进中国天文台

瞿秋石 著

·北京·

图书在版编目（CIP）数据

静听宇宙的声音：走进中国天文台 / 瞿秋石著. —北京：科学技术文献出版社，2019.3

ISBN 978-7-5189-4482-8

Ⅰ.①静… Ⅱ.①瞿… Ⅲ.①游记—作品集—中国—当代 Ⅳ.① I267.4

中国版本图书馆 CIP 数据核字（2018）第 104400 号

静听宇宙的声音——走进中国天文台

| 策划编辑：孙江莉 张丽艳 责任编辑：宋红梅 责任校对：张吲哚 责任出版：张志平

出 版 者	科学技术文献出版社
地　　址	北京市复兴路15号　邮编　100038
编 务 部	（010）58882938，58882087（传真）
发 行 部	（010）58882868，58882870（传真）
邮 购 部	（010）58882873
官方网址	www.stdp.com.cn
发 行 者	科学技术文献出版社发行　全国各地新华书店经销
印 刷 者	北京地大彩印有限公司
版　　次	2019年3月第1版　2019年3月第1次印刷
开　　本	710×1000　1/16
字　　数	236千
印　　张	13.75
书　　号	ISBN 978-7-5189-4482-8
定　　价	58.00元

版权所有　违法必究

购买本社图书，凡字迹不清、缺页、倒页、脱页者，本社发行部负责调换

FOREWORD 前 言

  我走遍了中国的天文台观测台站，对话大山深处的科学工作者。安保重重的全国最大光学望远镜LAMOST、贵州山区全球最大的射电望远镜FAST、青藏高原上的亚毫米波望远镜、新疆的VLBI射电镜、被刘慈欣写进小说的密云米波综合孔径射电阵……它们大部分都在野外人迹罕至之处，现代化高科技的钢铁骨骼站立在草原之上，身边回荡着古老的牧歌，这是我所见过的最奇妙的也是最美的景象。

  我写自己游历国内天文台野外台站的经历，望远镜与工作者，天文台与当地风物，告诉你真实的天文台、望远镜是什么样的，它们如何与看起来毫无关系的边陲村落共生，它们如何改变着我们对这个世界的看法。进行天象观测和天文学研究最好的地方是天文台，但是由于夜晚城市的灯光照亮了空气中的尘埃和烟雾微粒，使天空带有亮光，妨碍天文学家观测较暗的星星，所以为了避免这些影响，天文台一般都设在空气稀薄、远离人烟的山上，这使得普通人很难对天文台有深入的了解。相较于国外天文台站的较高层次的开放性，国内目前还有差距。但我并不执着于深挖望远镜的参数和学术成果，而是像参观一个博物馆、欣赏一件艺术品一样，告诉读者它从哪里来，它带着什么样的任务，它会为人类带来什么。这是一本不懂天文的人也能读懂的天文书，也是懂天文的人会爱上的天文情书。

目 录

第一篇　昨夜星官动紫微

第一章　几经兴废事，钟山有龙盘——国立紫金山天文台旧址游记 …… 002
- 几经兴废事 …… 003
- 钟山有龙盘 …… 012

第二章　昨夜星官动紫微——帝都天文台志略 …… 017
- 昨夜星官动紫微：北京古观象台 …… 018
- 白玉楼高，广寒宫阙：国家天文台兴隆观测站 …… 026
- 把酒问青天：密云射电阵 …… 039
- 我见青山：怀柔太阳观测基地 …… 049

第三章　徐家汇与佘山——上海近代气象天文小史一览 …… 062
- 徐家汇与徐家汇观象台 …… 063
- 天马山 VLBI 射电镜与佘山天文馆 …… 080

第四章　昔我往矣，1898——青岛观象台 …… 093
- 观象山：观测太阳黑子 …… 094
- 百年风云 …… 097

第五章　天地之中——河南登封古观星台 …… 101
- 天地之中 …… 102
- 古今交汇 …… 107

第二篇　天眼：伟大的工程

第六章　双球记——记青海德令哈天文台和西藏羊八井天文台 112
  今夜我在德令哈 113
  羊八井 117

第七章　明安图的星空——内蒙古明安图观测站 125
  美妙的螺旋：太阳射电频谱仪 126
  明安图的明安图 135
  圆：五塔寺的蒙古文天文图石刻 142

第八章　南山上的来客——访新疆天文台南山观测站 152
  天网：南山 VLBI 射电镜 153
  南山的夜晚 159

第九章　凤凰、莲花与公主——写在彩云之南 163
  凤凰于飞 164
  莲花 167
  公主的传说 176

第十章　天眼：伟大工程——贵州 500 m 球面射电望远镜 186
  天眼在远方 187
  伟大的工程 190
  拓荒 196

第三篇　众里寻它千百度

第十一章　47°的北极星 200

第十二章　紫玉兰的梅马 205

后　记 212

PART 1

第一篇

昨夜星官动紫微

第一章

几经兴废事，钟山有龙盘
——国立紫金山天文台旧址游记

第一章
几经兴废事，钟山有龙盘——国立紫金山天文台旧址游记

▶▶▶ 几经兴废事

我去紫台喜欢半夜去。

上海离南京也不远，往往是周五晚上背个包就过去。定最晚的一班夜车票，一觉睡过去，凌晨三点半到宁，火车站出站口再坐上一辆夜宵线公交车。车上只有我一个乘客，路过的车站也没有人，司机也就不停，开了一会儿就把我送到太平门。太平门在紫金山脚下，从太平门出发，就可以沿着天文台路爬到天文台。

"紫台"是天文人对紫金山天文台的叫法，区分"国台"——国家天文台，和"上台"——上海天文台。紫金山天文台，顾名思义在紫金山。紫金山具有金陵毓秀之美名，又有"钟山龙蟠，石城虎踞"之王气，天文台就位于紫金山第三峰天堡城遗址附近。

好友 Karlan 是天文学家，从小热爱天文，他回忆自己小学五年级时随父亲出差到南京，父亲带他去紫台参观，在门口买了一个很便宜的塑料徽章。此后，他养成了过天文台必买纪念徽章的习惯，从中国到美国。紫台算是一个起点。

紫台也是中国现代天文学史的起点。翻开山河破碎的中国现代史，看现代天文学在炮火和碎瓦中艰难萌芽，就很难绕过紫金山天文台。古老的青铜观天仪器在此停止了它们的工作，西方的现代望远镜越过千山万水，来到这里安家；中国天文史上显赫的名字，都曾在紫金山上方熠熠生辉。

自太平门开始，沿着天文台路徒步登山，天文台路和天文台一起，都修建于 20 世纪 30 年代，至今仍是通往天文台的主路，20 世纪 60 年代，整条路已从石子路面改造为硬化的石头路面。周遭阒寂，偶有小兽被头灯惊醒窜出，又复窜回林间。下弦凸月，月光极亮，和树影交错，在地面打出奶白色斑块，殊为可爱。遂灭了头灯，路面竟也清晰可辨，更可照见自己的影子。又抬头看，有星，猎户座。透过树林缝隙往远处看，也有星，是山下城市的灯光。也有上山野营的车，从我身边超过，我就开头灯示意一下。其余时间皆静谧黑甜，我

和小时候一样,轻盈有力,心无二志。只穿了短衣短裤,却有汗,很快被晚风吹干,惬意。

约莫爬半小时,路面陡然发生变化,紫台就在眼前。因为要赶去山顶看日出,不会淹留,沿着天文台旁边的小道绕过去,去往山顶。正是黎明时分,猫头鹰在深处呼呼。天文台黑黢黢的高峻影子很快就在身后了。

世界上的天文台,大多是往高了建,一者回避人造光害,二者高海拔地区大气扰动可减少,但紫台并不在紫金山的最高峰。紫金山天文台初创时,原本想要建立在最高峰,但最终因为造价的问题,时任天文研究所所长的余青松,选择了海拔 267 m 的第三峰天堡城附近,此地距离最高峰还有一段距离。其实当时余青松对天堡城也并不看好。按照余的分析,就算是第一峰北高峰,海拔也不过 448 m,常在云下,而南京城晴夜数也少得可怜——所以余的结论是整个紫金山,乃至整个南京,都没有一个地方适合建立天文台。

作为常年在苏浙沪犄角旮旯寻找合适观测地的天文爱好者,我对这种结论一点也不惊讶,苏浙沪在长江中下游平原,本就没有高山,而且也的确是雨水丰沛,要不怎么叫"鱼米之乡"呢。

蔡元培当然也深知紫金山的种种弊端,但他对余青松说:"今日之中国,政潮澎湃,国势动乱,一旦政局有变,只恐连这样的机会也将失去。要是这样,那在我国发源最早而近代已日就衰微之天文学,何日才能再谋发扬光大,期与欧美齐驱并进之?"紫金山天文台遂在这并不可观的环境中,在政府要员的鼓噪中,到底建立了起来。

爬到顶峰北高峰要看到日出,须得绕过一个军事建筑,几乎没有路的树林里有个废弃的炮台,爬上炮台,可以在错杂的树枝缝隙里看到日出。如果不怕冷,可以坐一会儿,一边吃干粮一边等汗风干,吃喝完毕约莫现在过去天文台差不多开门,就溜下去往天文台方向走,路上很多黑底黄纹的马陆,一拃长,小孩小指粗,无数条腿极努力地划动出波纹,带动身体前行。

到天文台时将近九点。入门是陨石博物馆,以及天文研究所第三任所长、中华人民共和国成立后紫金山天文台第一位台长张钰哲的铜像,张钰哲生于清末,逝于 1986 年。研究领域以小行星为主,在恒星、人造天体等领域也有深入研究,并且领导规划和推动了中国现代天文学的战略布局与发展。1910 年 5 月

第一章
几经兴废事，钟山有龙盘——国立紫金山天文台旧址游记

张钰哲的紫金山天文台奠基题词

哈雷彗星光顾地球，据说时年 8 岁的张钰哲目睹了这枚声名显赫的彗星，从此与天文一生结缘。张曾于 1928 年在紫台发现一颗小行星，这颗小行星还有一段令人唏嘘的故事。"……他（张）将其命名为中华，以纪念这是第一颗由中国人发现的小行星。但后来这颗小行星失去踪迹，紫金山天文台于 1957 年发现一颗轨道近似的小行星，经张钰哲本人同意后，便用来取代当年的小行星 1125。而那颗丢失的小行星，则刚好在张钰哲逝世一个月后被寻回，并给以 3789 的编号及'中国'的名字。"（中文维基百科张钰哲词条）

紫台第一任台长——真正意义上的创建者——高鲁的铜像，则在一间图片陈列室中。这是 2002 年紫金山天文台为高鲁树立的。民国时期的天文学家高鲁对于紫台意义重大，正是他于 20 世纪 20 年代提出建立中国第一个现代天文台。如果说是哈雷彗星将张钰哲带入天文学的殿堂，高鲁则是遇到了贵人。高鲁本是留洋比利时的工科博士，留学期间一次出游法国，认识了法国著名的天文学家，图书《大众天文学》的作者 C. 弗拉马利翁，受其影响，迷上了天文。早在知道高鲁和紫台的故事之前，我磕磕碰碰地读过李珩翻译的《大众天文学》，却未曾想过该书作者，这位誉满天下的天文学家，无意中曾影响并间接推动了整个中国现代天文学的发展。

静听宇宙的声音
—— 走进中国天文台

紫台成立之前，这片古老的土地上正痛苦地孕育着中国现代天文的星星之火，高鲁是见证者，也是奔走在中国大地上的普罗米修斯。辛亥革命后国民政府接管晚清政府，钦天监改成中央观象台，高鲁任台长。1913年，日本在东京召开亚洲各国观象台台长会议，代表中国出席会议的不是中央观象台台长高鲁，却是徐家汇观象台台长劳积勋神父。高鲁深以为耻，由此萌生要建立中国人自己的现代化天文台的念头。1922年，高鲁组织成立了中国天文学会，会员有蔡元培、李四光、竺可桢等。1927年，高鲁和时任北京大学校长的蔡元培一同辞职赴南京，高鲁在南京加入时政委员会，为南京国民政府编订历书。之后在南京成立观象台筹备组，时政委员会并入观象台筹备组。筹备组成立之初只有3个人，他们是高鲁、竺可桢和后来的天文研究所第二任所长余青松。

高鲁一手规划了紫台的蓝图，设计工作完成，待要开展建设时，却被委任中国驻法国公使，接下来建立天文台的任务，是由余青松完成的。余青松是加利福尼亚大学博士，曾在美国利克天文台工作——是的，就是前段时间那个因为太穷差点关闭的著名天文台，1927年回国，任教于厦门大学，后被高鲁推荐为天文研究所第二任所长。从1928年天文研究所成立到1934年天文台揭幕典礼，历时6年，高鲁心心念念的"第一座中国人自己的天文台"终告建成。

高鲁从政多年，出任过南京临时政府秘书、教育部部长、法国公使，最牵挂的却仍旧是天文和天文台。然而，这个博学的政府官员难逃官场倾轧，最终被贬，1947年，70岁的高鲁贫病交加，在福建逝世。其为中国现代天文事业奉献的一生，至今读来仍令人感怀。

民国时期的南京战乱频仍，内忧外患，紫台当然也受重创。1937年，在地球的另一边，一位无线电工程师在自家后院建造了人类第一台射电望远镜，接收到了来自人马座的电波。人类在探索宇宙的长路上又迈出了一大步。而此刻，中国大地正满目疮痍，经历着旷古未有的疼痛。"七七事变"后，历时5年建成，工作不过3年的紫台，不得已在动荡中将仪器设备辗转迁往云南昆明。即便身处后方，炮火依旧肆虐，时任研究员的陈尊妫，继母和弟弟在日军炮火中被炸死，妻女受重伤，次年相继去世。就是在这样的血污与泪痕中，余青松又艰难地、一点一点召回因内迁而散落在各地的工作人员，带领他们在昆明凤凰山建起了紫台的凤凰山观测站。

第一章
几经兴废事,钟山有龙盘——国立紫金山天文台旧址游记

即便如此,在炮火纷飞的年代,紫台还是出色地完成了两次日全食的观测。第一次是1936年,高鲁四处奔走,分别为赴苏联和日本两支观测队伍筹集了资金,苏联的观测队队员只有张钰哲和李珩——李珩就是C.弗拉马利翁的《大众天文学》的中文译者;日本的观测队由余青松领队。高鲁为筹集资金被人误解为想借机出国,自己却并未前去。此次观测,苏联观测队遭遇恶劣天气,铩羽而归,余青松带领的日本观测队则成功观测到了日全食。无论是成功还是失败,都为下一次1941年甘肃的日全食观测,积累了宝贵的经验。

1941年的日全食发生在中国甘肃临洮,紫台的观测队伍从昆明出发,历时6周,累计3200 km,顶着日军空袭的炮火,冒着死亡威胁,一路战胜了重重阻碍艰险,终于在日全食发生之前如期赶到临洮,顺利完成观测。不仅如此,观测队员们一路普及天文知识,以至于日全食当天,连重庆、成都这样的大城市,市民尚不免有"伐鼓鸣金救日之举",而临洮这样的边陲小县城,因队员们的科普,"是日竟未闻一滴之锣声"。这是中国一代知识分子的良心和本能,担负在肩上的任务不仅仅是格物致知,更有开启民智,播撒普罗米修斯的火种。

从昆明到临洮的路上,张钰哲得知从小相依为命的母亲病危的消息,却依旧坚持到观测成功,日食之后第三天,母亲病故。张钰哲在返程中写下长长的祭文和著名的《在日本轰炸机阴影下的中国日食观测》。

绕过陨石博物馆向后走几十米,日光豁然一凛,就看见露天陈列的4个古观象仪器——天球仪、浑仪、简仪和圭表。天球仪即天球模型,标示天体坐标,模拟天体视运动。浑仪测定天体方位,简仪为简化的浑仪,圭表则主要用来测定年长(一个回归年的天数),用于制定历法,同时也可用于粗略测定时节、节气等。

圭表

静听宇宙的声音
——走进中国天文台

天球仪

简仪

第一章
几经兴废事，钟山有龙盘——国立紫金山天文台旧址游记

斜照的晨光把颜色冷峻的一众青铜古观象仪器照得光彩复生，攀附于浑仪之上的龙姿态傲然，其庄重之情令我禁不住想起自己痴迷古天文学，翻看古天文学史的一段时间，常常被感动得一塌糊涂。后来再看欧洲天文学史，又为18世纪后中国天文学的停滞不前而唏嘘。

说起古天文学史，我最早看的是陈尊妫的《中国古代天文学史》，内中多用西方天文学名词解释中国古天文学，卷帙浩繁，考据缜密，是巨匠之作。而陈尊妫完成这部书的原因，却与我面前的这些青铜观象仪相关。陈尊妫任紫台研究员期间，紫台收到来自日本人山本一清的信，称国际天文学联合会要搜集中国古代天文学史料，由山本负责，请天文研究所给予协助。其中之耻辱，大概可与1913年观象台台长会议由法国神父代表中国相当。陈尊妫深感愤懑，从此开始潜心研究中国古代天文学史。

目前，安置于紫台的这几样青铜旧物，多为明清复刻。从南京到北京，从北京到南京，有些被八国联军掳去，后又得以辗转回国，经历和见证了无数风雨，至今圭表上仍携有八国联军铁锯的凿痕。而那青铜的龙、柱脚的赑屃，想必也是见了太多的世事，全都沉默无语。

浑仪铜柱上的赑屃

静听宇宙的声音
——走进中国天文台

蔡元培在子午仪室奠基时的题词

圭表以南是子午仪室，子午仪室墙角有奠基时蔡元培的题词。说到墙角的奠基题词，倒能发现一件很有意思的事——这里的4个主要观测室，奠基都择于某个节气当天。（《紫金山天文台史》，河北大学出版社）

子午仪室中陈列蔡司的子午仪，可精确观测恒星上中天时刻；英国人铸造的雪特摆钟，1924年购入，1960年退役。此外还有中国古代使用的各种计时工具，西汉千章漏壶、近代航海钟、南宋燕肃莲花漏、铜壶滴漏等。这些古代计时工具都是仿品。但子午仪和一众民国时期国外买进的设备确是一直服役到中华人民共和国成立后。

天文和时间离不开。喜欢天文的人大概心中都有更大的空间和时间尺度。这是我以往认为的，现在则又多了一重感受，时间真快。满屋子的计时仪器，都停止走动，其自身却在标示着过去的流失。从汉代的漏，到如今的钟。水的滴落也好，原子的震动也好，恒星的摇摆也好。我都从中感觉出静谧的房间里，时间之箭无声地发出，从不回头。

子午仪室再往南，天堡城也有一座不知名的圆顶观测室，这座观测室建于20世纪60年代，是当时为了观测中国的第一颗人造卫星——东方红一号而建的一系列观测设施中非常重要的一座。该圆顶内原有望远镜已搬至紫台的其他观测站，目前里面有一架小型望远镜，用于科普教育，平时并不对游客开放。只有游人在圆顶周围跑来跑去，还有拍婚纱照的夫妇。天堡城地势较高，西面可看见南京城区和长江，东面是较矮的和远处更高的第一峰。我恐高发作，抱着护栏瑟瑟发抖地看脚下不远处绿色山丘里镶嵌的4个小球。那是紫台的另外4个观测室，接下来要去的地方。

顺着藤蔓丛生的小路往西走，走到大台。大台就是紫金山天文台建立之处最早的"本部"。内有60 cm反射望远镜一座，底座为赤道仪。建筑采用中国

放置60 cm蔡司望远镜的穹顶（俗称大台）

传统牌坊式样，内含一枚白色蛋。真是难为了当时的天文台设计者余青松，为了与一山之隔的中山陵建筑风格一致，余青松绞尽脑汁设计了一份"中式天文台"图纸，既有中式牌坊风格，又兼顾天文台活动圆顶。据说台体就地取材，用的是山里的虎皮石，质地坚硬，非常适合用来建造天文台——但其实更多原因是便宜，风雨飘摇的民国，政府根本无心他顾，天文台从规划到建立，一直是不断请求拨款却不断被敷衍搪塞的过程。当时高鲁出任法国公使后，余青松接任天文研究所所长，继续天文台的建造，始建时就向蔡司公司订购了这架60 cm

60 cm蔡司望远镜

的反射望远镜,中华人民共和国成立后,曾经改造使之可用天文底片摄影,后又曾增加过光电倍增管。

如今这架招牌式的蔡司 60 cm 望远镜,只用来对游客展览,并不履行观测职责。近 50 m^2 的穹顶之下,积满灰尘的望远镜静静矗立,周边狭窄过道挤了一圈兴味索然的游客。只有一个小孩兴致高昂地喊,银河系比太阳系厉害!

▶▶▶ 钟山有龙盘

日头渐高。游人越来越多。有人兴致勃勃地围着一个老头,听他讲乱世的时候,台里工作人员保护设备和民国题词的故事。我往西边人少的地方走,寻找剩下的 3 个球。人果然越来越少,景色也更加荒芜,剩下的 3 个球只找到 2 个,变星仪室和赤道仪室,都门窗紧锁,看样子荒芜已久。墙角的奠基题词还在,藤蔓已爬上破旧的窗。只是太阳色球观测室遍寻不着。后来有次和好友杨琳一起去,才找到第 4 个球。

通往后面几个球的小道鲜有人至,景色却是极好。夏末时节绿草如茵,有蝴蝶翩跹。我和杨琳往里面走,心里并不抱希望,却仍旧坚持走完。我看见蝴蝶,驻足看了一会儿,往前走看到杨琳蹲在路边捡橡实,我过去找她,突然觉得身边的小山坡不太对,仰头一看,几乎血液凝固。

第 4 个球。那是第 4 个观测室——我找了好几次都没找到的太阳色球观测室。

我把登山包往正蹲在地上捡橡实的杨琳身边一丢,就往上爬。爬到坡顶,拨开枝节丛生的植物和层

变星仪室

赤道仪室

层叠叠的蛛网，终于窥见那个观测室的背面一角。

　　脚下有一根鸟的羽毛，我捡起来，插在帽子上，继续往上爬，跨过铁栏杆，翻到了观测站正门去。看到它生锈的挂满了爬山虎的铁门的时候我忍不住脱口而出，Hi。

　　这是一个已经彻底废弃，被茂盛的植物、堆积的落叶和密密麻麻的蛛网掩盖了的观测室——太阳色球观测室。我甚至没法找到一个角度为它拍出全貌。我能想象它在服役期间曾无数次打开球顶，望向天空，人们来来回回，数据源源不断地流出，寄往美国和巴黎的天文学会。

　　如今它沉睡在紫金山，连参观者也没有，彻底被世界遗忘。它曾拔地而起，终将被落叶覆盖，回归紫金山。而我找到了你，希望能够将你定格，能够让人记住你的功勋。你也曾是紫台的眼睛，人类的眼睛。

　　我从前门悄悄地踩着厚厚的无人清扫的落叶出去，回头一看，它又被高大茂盛的植物挡住，几乎看不见了。

静听宇宙的声音
——走进中国天文台

根据方位判断，我从前门绕出来，位置大概是在赤道仪室附近。可刚要从前门出去，又傻眼了，居然铁将军把门，怪不得刚才路过赤道仪室的时候没发现通往这个观测室的路。

难不倒我，翻过去。旁边一只马陆，缓缓路过，好像在看好戏。爬到一半突然外面路上走过一个男人，看见我愣住了。我以为他是工作人员，也挂在门上不动了。两人僵持片刻，男人率先反应过来，招手道，快翻啊！我大受鼓舞，刺溜一下爬到顶，犹豫了一下，翻了过去。

回去的时候杨琳还在路边捡橡实。我满手泥土，喘息未定，好像穿越了一个世纪，见证了几十载风雨，回到现在，一切如常。

我和杨琳往回走，杨琳手里小心翼翼捧着几颗橡实。草地里蚂蚱惊起，噗噜噜飞动，风带有草木的甜香。我突然没来由地想，这是张钰哲老先生刚刚路过吗？

这里是六朝古都南京城中心的紫金山，繁华中的一片静谧之地，张钰哲老先生在此奋斗一生，也在此长眠。我曾私下里问过紫台的研究员王思潮老师，第三任台长张钰哲的骨灰，埋在紫台何处？王老师简单地答，你已经路过，只是不知道。

中华人民共和国成立后，张钰哲先后任紫台台长和名誉台长，在此期间发现过两颗彗星，他将其送给了自己奉献一生的紫台——两颗彗星分别命名为"紫金山一号"和"紫金山二号"。也正是张钰哲，预见到了光学望远镜的局限和空间天文和无线电天文的巨大潜力，于 1980 年以 78 岁高龄奔赴青海，登上海拔 4800 m 的昆仑山口，为我国自行建造的一台毫米波射电望远镜寻找观测站。——读到这段故事的时候，我已眼眶湿润不能自已。那台毫米波望远镜如今在青海德令哈安家，我刚去过那里，却未曾想那个拥有先进的毫米波望远镜的观测站，在时间的河流中，连接着从清末走来的张钰哲。中国天文学的星星之火，就是这样，在一代人不懈的努力中，形成燎原之势。

1986 年 1 月，哈雷彗星时隔 76 年再次光顾地球，不知张钰哲凝望这颗在自己 8 岁的时候令自己与天文结缘，一结就是一生的彗星，心里在想什么？

哈雷彗星于张钰哲 8 岁时在他心里撒下天文的种子，在 74 年后带走了他。

第一章
几经兴废事，钟山有龙盘——国立紫金山天文台旧址游记

同年 7 月，张钰哲在南京病逝，遵照遗嘱，张钰哲的骨灰埋在紫台一处不起眼的角落。我并不试图去打扰他老人家休息，在紫台里走来走去，你很难不去想，这位可爱的老人，也许正悠闲地走在林荫小道上，抚摸着那些心爱的再熟悉不过的仪器，看着来来往往年轻的面孔，露出微笑。

这里是紫金山天文台，这里已不是紫金山天文台。确切地说，它叫国立紫金山天文台旧址。20 世纪 80 年代后，紫金山光污染已甚，无法承担观测任务。曾经作为中国现代天文学摇篮，发现了上百颗小行星、数颗彗星的紫金山天文台，承载了无数重要观测任务的紫金山天文台，机构总部先是搬迁到鼓楼附近的北京西路，后又搬迁到仙林。而观测点，散布在江苏盱眙、江苏赣榆、山东青岛、云南姚安、黑龙江洪河和青海德令哈——和国际上大部分的天文台做法一样，紫台将设备安置在条件较好的高海拔地区。而紫金山原址则成了紫台下属的科普基地。

从门口出去，想起 Karlan 说到门口买的纪念徽章，我来来回回兜了一圈，也没有看到纪念品商店。问卖票的阿姨，阿姨说："我有圭表模型你要不要？80 块钱一个。"我拇指食指圈成一个圈，说："纪念徽章，有没有？"她白了我一眼，说："那没有。"怎么会连纪念品商店也没有了呢。

正是，故人已乘黄鹤去，此地空余黄鹤楼。

然而，我一直相信，人类的历史是螺旋形前进的。中国现代天文学诞生于此——高鲁、余青松、张钰哲、陈遵妫、李珩，这些推动了中国现代天文学发展的名字，都曾为紫台俯首耕耘。

看天文台的当天，我在朋友圈里发了一张紫台的照片，紫台的王思潮老师回复说这是一场"朝圣"之旅。一直以来，我避免触发"感动"这种情绪，也并不喜欢"朝圣"这么严重的词。但越深入了解紫金山天文台朴素的虎皮石下面的故事，就越难回避心中那难以言说的酸胀感。说"朝圣"，在中国天文学史范围内，对紫台来说，其实并不算过誉。紫台是中国现代天文学史上的一座丰碑，原址代表着智慧的学者披荆斩棘在被青龙蠃员镇守的古老土地上创建现代文明的不懈努力的一段奋斗史，也是中国人严格意义上第一次用现代人的眼睛观察浩渺宇宙的开端，从此，它播撒下的种子在这里生长，盛开在人类的天文学史上，至今仍旧闪耀光芒。而人类文明本就是一段前赴后继的开拓史，紫

台之后，又有无数天文台在她的余晖之下建立，每个繁星满天的夜里，激光都尽职地指向夜空，明亮的玻璃眼睛探索星辰，焚膏继晷，不知疲倦，其赫赫功绩，又岂是一座覆满爬山虎的旧址所能概括。

链接：http://www.pmo.ac.cn/。

第二章

昨夜星官动紫微
——帝都天文台志略

朋友从北京来，我们说起京沪两地周围适合观测的地方，上海土著大吐苦水，长江中下游冲积平原本就一马平川，要深入浙南才能寻得山地，而南方湿热多雨，无论冬夏难觅晴天，且江浙城镇多富庶，光害日甚。综上所述，苏浙沪大约可评为全世界最不适宜观测的地方。与此情况相反的是北京朋友对北京周围的观测地如数家珍，盖因气候干燥少雨、周围又多山峦，周边城镇发展也不如江浙，光害较少。

北京城每年都去，对于周围乡镇却是毫无概念，我遂动了去北京周边转一转的心思。清明小长假，我打算去兴隆的观测站和密云的射电阵看看。

我很贪心地把行程塞得满满当当，不仅塞进了怀柔的太阳观测基地，还塞进了北京古观象台。乘坐假日前一天晚上的动卧自上海出发，第二天清早到北京，先背着大登山包去了首都博物馆看了一趟海昏侯的考古成果展，到中午吃饭时间又马不停蹄赶往了建国门的古观象台。

▶▶▶ 昨夜星官动紫微：北京古观象台

中国古天文，是雕柱和腾龙的青铜色，城楼的灰白色和古星图的靛蓝色。

散发冷光的巨大青铜仪器，龙昂首飞腾，傲然攀附，简洁的底座和圆环，古朴的干支刻度镌刻其上。中国人对它的模样太熟悉了，历史书的照片上，电视纪录片中，一代传一代的故事里。

我站在古城墙楼顶，高台视野宽广，春光和煦，风从耳边吹过。台顶空无一人，8座青铜仪器静静伫立在帝都的天空下面，这里是北京古观象台。

彼时我刚从首都博物馆出来。动卧清晨至北京，我背着大包跳下火车，就去首都博物馆看了刚公布的海昏侯考古成果展和殷墟妇好墓发掘40周年特展。保存完好的鼎、簋，甲骨，铜钱，无一不在诉说上古中国高度发达的文明。两三千年前，好像就是昨天。

从首都博物馆出来，沿长安街向东，经过天安门，到建国门，这里是老北京城墙的东南角。绕到地铁站后面，看见巨大灰色墙体和绿树掩映的庭院，古观象台就在这里。这座观象台建于明正统年间，而前身可追溯至金代。中国皇

第二章
昨夜星官动紫微——帝都天文台志略

家的观测机构当然不是直到金元才有,而是到金代北京才称都。而中国人对天象的重视上升到国家层面——国家设立机构专门负责天象观测、天子亲自过问天象变化——这些也都是自古以来就有的事。国外甚至有学者讽刺地说,中国人让一群天文学家做重臣,也是够奇葩。如此说未免低估了中国在天文学史上的贡献。古代中国人是卓越的天象观察者和记录者,为天文学留下的珍贵资料不计其数。

"乃季秋月朔,辰弗集于房,瞽奏鼓,啬夫驰,庶人走。"《尚书·夏书·胤征》——世界最早的日食记录。

"彼月而食,则维其常。"《诗经·小雅·十月之交》——世界最早的月食记录。

"三月乙未,日出黄。有黑气大如钱,居日中央。"《汉书·五行志》——世界最早的太阳黑子记录。

"元光元年五月,客星见于房。"《汉书·天文志》——中国最早的对于新星的记录。

"鲁庄公七年夏四月辛卯夜,恒星不见,夜中星陨如雨。"《左传》——世界最早的对于流星雨的记录。

观象台背面

静听宇宙的声音
——走进中国天文台

"鲁文公十四年秋七月,有星孛入于北斗。"《春秋》——世界最早的对于彗星也是对于哈雷彗星的记录。

至今世界上许多天文现象研究,在长时间的尺度上,都仰赖于中国古代文献的记录。一方面,客观上来说,中国对天象有足够多的重视;另一方面,不间断的文明和语言文字保存了这些珍贵的记录。

中午吃饭时间,紫微殿前面的院子里只有我一人,面对着院子里的一座浑仪和一座简仪。

浑仪大概可以算是中国古代天文学的标志了。它的名字取自中国人都很熟悉的"浑天如鸡子,天体如弹丸,地如鸡子中黄"的浑天说。浑仪起源非常早,据说上古尧舜时就已有了最早的原始浑仪,每朝每代都有天文学家对它进行改进,使其更加精确,功能更加完善。到宋时天文学家苏颂创制的水运仪象台将其推到一个高峰,形制基本确定下来。我们现在看到的浑仪,基本上就是苏颂版的承袭。一共三层:地平、子午、外赤道,构成外层"六合仪";黄道、白道、内赤道,构成中层"三辰仪";最内层为"四游仪",环中设窥管,用以观测。这其实有点像一个没有安装望远镜的赤道装置。

浑仪(复制品)

第二章
昨夜星官动紫微——帝都天文台志略

简仪（复制品）

  这其中巧妙的机械设计和科学原理都令人沉迷，还有古代中国人对天文的系统性理解和其中蕴藉的古代中国人自己的世界观和宇宙观，浑厚博大。它有局限性，有瑕疵，甚至是错的，但它毫无疑问是美的。太极、两仪、三辰、四象、五星、六合、七政、八卦……像围棋一样，中国古天文中这些美妙的数字和哲学环环相扣，你无法抵挡它的神秘魅力。

  然而，浑仪造型太过复杂，观察天空的时候会产生视线死角，元代天文学家郭守敬在此基础上做了改善，发明了简仪——就是简化的浑仪。观测者可以用地平装置测出天体的方位角和天顶距，用赤道装置测出天体的赤经和赤纬。这是极大的飞跃，丹麦天文学家第谷·布拉赫在300年后才发明类似的装置。

  郭守敬是中国历史上一位堪称承前启后的天文学家，他在历法和算学上的造诣将当时的中国天文历法推上了一个新的高度。除了简仪之外，郭守敬还创制了仰仪、正方案、高表等20余件观测器材。

  不过，观象台院内陈列的浑仪和简仪，都是现代缩比例的仿制品。真正的

静听宇宙的声音
——走进中国天文台

明浑仪和明简仪，在20世纪初为避战乱迁至南京鸡笼山，现藏于南京紫金山天文台。青铜本不是青色，乃是红黄色，我们看出土文物多是青色，是在土壤中漫长岁月，与时间产生化学反应所致。所以我们在紫台看到的原品，是偏深黑，而面前这两座仿制品，则绿得有点不自然。

院内还陈设正方案、月晷和星晷。正方案是测定南北方向，月晷和星晷和日晷一样，用以定时。手柄都磨得光滑，大约很多游客体验过这种原始却智慧的计时仪器。院子北面的紫微殿内也有大量仪器，除了前文所述，苏颂的"水运仪象台"的模型，还有秤漏、莲花漏等计时工具，指南车、计里鼓车等机械发明。此外，还有郭守敬创制，用以观察太阳位置和日食情况的仰仪——盖因日光强烈，人无法直接目视，故有此发明。只可惜原型不复存在，这台仰仪，是观象台根据古籍描述复制而成。

这里大部分仪器都非一人一时一地制成，而是时代更迭，一代又一代的天文工作者和工匠在前人的成果基础上，不断改进而成。

紫微殿正厅内有牌匾和对联，"观象授时""敬协天行无所逸，顺衍星好敕时几"。牌匾下面有天文图和天文图石刻的碑文。而真正能代表观象台的观天器铭刻在一个小的天球仪下方底座上，安放在紫微殿东侧。观天器铭是明英宗朱祁镇在观象台建成时所作，发了一番天人感应的感慨，相当于大型机构建立后的领导讲话，看得我昏昏欲睡。

不过从太祖开始到英宗才建成的这个观象台，应该说是值得这么一番溢美之词来纪念的。中国天文学家在观测和算术上的精确，在18世纪之前，都在世界遥遥领先。外面的日晷指针大约已指向正午了吧，太阳光正好穿过窗棂和大门照进来，新的旧的灰尘一并在空气中起舞，工作人员在打瞌睡。我悄悄离开小院，去往观象台台顶。路过一座石碑，我停下来看了一会儿，那是咸丰年间的碑文，写于庚子国变之后。1900年八国联军入侵北京，几个重要天文仪器被法德两国掳去，迫于世界舆论，1904年才几经周折归还我国。在这4年间，钦天监官员赶制了几个小的仪器将就使用。这块石碑上的碑文，说的就是灵台的这次劫难。

明清两代，天文学仍旧像以往一样不紧不慢地向前滑行，而世界另一端的西方，随着望远镜的发明和一众杰出物理学家、数学家的成就，科学发展早已

第二章
昨夜星官动紫微——帝都天文台志略

上了一个新的台阶，渐渐将带头的中国甩在了身后。到了清代，随着西方传教士的脚步踏入这片古老土地，中西方两片天空开始了摩擦和碰撞。

沿着石阶往上，爬到观象台台顶，视野豁然开朗，8座保存完好的古观象仪安放在此。青铜的颜色像一个美丽的谜。这几座仪器都是清代的，明代的仪器——浑仪、简仪，还有圭表等，都在战乱中迁往了南京。

这8座仪器自东至西分别是：赤道经纬仪、纪限仪、地平经纬仪、地平经仪、黄道经纬仪、天体仪、象限仪和玑衡抚辰仪。这8座仪器有6座——天体仪、赤道经纬仪、黄道经纬仪、地平经仪、象限仪、纪限仪——是比利时传教士南怀仁制作的。这6座仪器都没有采用当时欧洲已经广泛使用的望远镜系统。

望远镜最早是17世纪荷兰的眼镜商利佩希和詹森发明，被同时代的伽利略拿去改造，应用于天文观测。早在明代末年，德国传教士汤若望就将望远镜引入中国，介绍给徐光启，并撰写了著作《远镜说》，还向崇祯皇帝进献过一架

天体仪

静听宇宙的声音
——走进中国天文台

赤道经纬仪

地平经仪

纪限仪

望远镜。然而，南怀仁并没有将望远镜应用于这几座仪器，不免令后人怀疑他不想把欧洲的先进技术传给中国。

南怀仁心中所想，我已不得而知，站在8座青铜仪器中间，我想到的却是另一个人的名字——李约瑟。

几年前，我在看一些天文学通论和天文学史的时候，难以避免地想起一个问题——为什么发明望远镜的不是中国人？正如上文所述，古代中国人善于观测天象、记录天象，数学也并不落后，光学启蒙也早——小孔成像和冰透镜取火这类自然现象可以追溯到公元前一两千年前。然而这3000多年好像没有什么变化：战国时候的韩非发现了小孔成像，到了元代赵友钦还在玩这个；冰透镜西汉就有记载，到了清代郑复光还在琢磨它。

为什么就没有发明望远镜呢？只需要偶然地把两片非平面镜叠在一起，就很容易发现端倪啊。中国五千年历史，玻璃的历史可以追溯到西周，难道从来没有一个人，偶然地把两片玻璃靠在一起过吗？难道是玻璃制作工艺的原因？我试图从玻璃制作工艺的角度去寻找答案，带着问题探访了玻璃博物馆和玻璃制造厂，仍旧不得而知。

有天偶然翻看李约瑟的《中国科学技术史》，忽然又想起一个问题，中国没有望远镜，是否和"李约瑟难题"相关呢？

李约瑟难题，是英国学者李约瑟在他编纂的《中国科学技术史》中提出的，大意是"为什么近代科学和工业革命没有在繁育了光辉灿烂文明的中国诞生"。它和我一直苦苦思索的望远镜难题好像在时空中有种微妙的联系。当然，我不是说中国没有望远镜导致了没有诞生近代科学，也不是说没有近代科学导致没有望远镜——简单的道理，相关性未必是因果关系。

可是，我这个驽钝的家伙，到现在也没想明白，这其中到底是怎样的关系。

8座仪器中剩下2座，1座是德国传教士纪里安监制的地平经纬仪，1座是日耳曼传教士戴进贤设计制造的玑衡抚辰仪。地平经纬仪是这些仪器中唯一不带任何中国风格纹饰的——没有云纹、游龙什么的，全部是欧式构造。可惜，纪里安在制作过程中，以缺乏原料为由，熔毁了元代郭守敬等人制作的简仪、仰仪等重要文物，损失不可估量。

静听宇宙的声音
——走进中国天文台

玑衡抚辰仪

玑衡抚辰仪制作之前，先后有三辰公晷仪和三辰仪两级模型，然后才开始正式制作。玑衡抚辰仪的制作历时10年，耗铜5吨，其观测之精密，功能之繁复，铸造技艺之高，纹饰之美，都代表了中国古代最高的技术和工艺。

如果说紫金山天文台是中国现代天文的起点，那么北京古观象台就是中国古代天文的终点。玑衡抚辰仪是晚清制作的最后一件大型仪器，是中国古观象台的绝唱，巨大的青铜的静默像一声轻叹，一首悲歌。此时，距离鸦片战争还有100年。

▶▶▶ 白玉楼高，广寒宫阙：国家天文台兴隆观测站

从观象台出来，到天文馆正好下午三点，我错过了周五的最后一场球幕电影。我站在馆外等苏晨编辑把我带上去，一只巨大的乌鸦大叫着从高高的枞树上飞过。上一次来天文馆是和好朋友麦扣，我们当时也没看球幕电影。当时在纪念品商店里我犹豫许久最后没买那把印有星座的三折伞。当晚我和麦扣在后海喝啤酒，突然下起大暴雨，我们都很后悔当时没买那把星座伞。回到上海以后我还发现狗弟把我仅剩的一把伞给咬坏了。

苏晨带我来到五楼《天文爱好者》杂志社编辑部，办公室里堆满了杂志和书，墙上贴了梅西叶所有天体的照片，书架上挂着中国古天文图，桌上有些望远镜的零件，抱箍、转接环等。苏晨一边收拾茶几上的几本杂志，一边有点不好意思地说："这里好乱，你别介意，平时更乱，社长说你要来所以我才收拾了一下。"

我正眼花缭乱地看着墙上的星图和办公桌上的大书，听他这话，咧开嘴笑

第二章
昨夜星官动紫微——帝都天文台志略

道:"哪有!我的房间比这里乱多了……"这就是我喜欢的地方。

我们一行四人,苏晨和他媳妇儿,还有一位拍纪录片的哥们儿。我们驱车向北开,前往兴隆。

碧空如洗,早春北京面目可亲,没有恼人的雾霾。有辆洒水车一边唱歌一边洒出彩虹,看得我心情好极了。我坐在后座,太阳照得暖烘烘的,我背着大包奔走一天,此刻非常劳累,渐渐迷糊起来,一小时以后我醒来,发现车还堵在五环内。

天色渐晚,车终于驶离北京,进入河北地界。我们一路朝东,把瑰丽的晚霞丢在身后。炽热的火焰在身后的山路上熊熊燃烧,像火山喷薄出满天的丝绸。晚霞行千里,今天晚上会是好天。对于天文来说,好天是一切可能性的基础。

天全部黑下来以后,我们终于到达兴隆观测站所在的燕山南麓脚下,河北兴隆县连营寨。我们在山脚下的一个农家院落门口停下,我跳下车,大吸了一口祖国华北燕山山区的凉气,熟悉的猎户座在头顶上闪耀。柴房里的狗嗷嗷地叫起来,我回头说:"轻点!"生怕惊扰了这一场繁星的好梦。狗嗷嗷地更大声了,我过去看它们,它们立刻躲进了狗窝里。

农家的晚饭,朴实的东北菜,一锅出、大白菜粉丝、锅包肉、疙瘩汤。我中午时间在逛观象台,没有吃午饭,热腾腾的晚饭抚慰着我空空如也的胃。饭桌上我们聊起即将抵达的目的地——国家天文台兴隆观测站。今晚会很热闹——假期、没有月光、天气又好。我已经在网上看到当晚会有一支跑梅西叶马拉松的队伍上山,队伍里还有一位微信里的朋友马马;还有几个知名的星空摄影师也会来。

来兴隆之前我的想法是很幼稚的,我以为兴隆和我去过的其他野外台站一样,敲敲门就让我进去,想看啥看啥,看到动情处还可以伸手摸摸。然而熟谙其中规矩的苏晨说,兴隆观测站是严格控制来客的,就算今天你累个半死冻个半死爬到山上,报出里面哪个老师的名字,门卫也不会放你进去。

我们在夜色中驱车上山,这是我第一次来到一个真正意义上实行暗夜保护的地方,苏晨没有开远光灯。倒不是有明确规定,只是来到这里的人,想必都是能够理解并自觉遵守的。

山路果然黑黢黢的,只能看见山崖下镇上远远的零星的灯光。开了约半小时,

静听宇宙的声音
——走进中国天文台

山路渐渐开阔，突然车停下，我一定睛，已经到了观测站的大门。苏晨老师已提前向基地预约了此次参观活动，并提供了车牌号。门卫师傅验证车牌号后，彼此相视点头，便放我们进去。我们进得大门，在没有路灯的路上又开了一会儿，到了兴隆站的迎宾楼门口，观测站的高级工程师陈颖为老师已经等在门口。陈老师把我们引到楼上——走廊也没有路灯，只有拍下墙壁上的一个按钮的时候，脚边才会缓缓亮起非常柔和的地灯，待人走过，片刻后就又熄灭。

我们把大包放在房间里。房间里灯光明亮，厚重的黑色窗帘却拉得严严实实。床单是不统一的花花颜色，非常整洁。我出门在外爬山看星找天文台，已经习惯了睡在各种奇葩的地方，比如睡在柴房，睡在要抖一抖被子抖掉潜在的蜈蚣的半山腰，学会忽视枕头上陌生人的头发和可疑的污渍。第一次看到这么整洁干净的观测环境，大感惊奇，我忍不住伏在床上划动四肢磨蹭床单。

我们关上灯，摸黑走出迎宾楼，走上迎宾楼后面没有路灯的小径，什么光也没有，只有头顶的星光，今晚天气好得奢侈，大三角熠熠生辉，木星像一枚小灯泡，昴的细节肉眼可见，我深深嗅了一口夜的凉风，感到久违的快乐和轻松。2017年年底从西藏回来到现在，我就一直被浸泡在南国的雨水里，每天在静安寺的高楼上阴郁地看窗外厚云下的钢筋水泥森林，鲜有机会畅快地看星空，最多在出地铁站的时候，在直上云霄的霓虹灯光的缝隙里仰头看看木星和天狼星。而在苏浙沪可遇不可求的晴天，在这里好像也随手可得。

苏晨轻车熟路地带我们走树林间人走出来的野道。我们知道他要带我们去哪儿，心里怦怦直跳。在一片漆黑中爬了一会儿山坡，又借着星光走上石板路，路边时不时地出现几个球顶的天文台。走了一会儿，路边的青松分开，我就看到她了。

虽然早已有准备，但心中还是难免激荡起一声"啊"的惊叹。

真大呀，LAMOST。

她听见我心里的惊叹，像一只巨兽，俯身看了她脚下的我一眼，巨大的压迫感——我不禁屏住呼吸。白色的LAMOST，就在空地上矗立，在我面前，这是一架望远镜，也是一座造型独特的大楼。这是望远镜和台体本身合为一体的一座天文台——LAMOST, the Large Sky Area Multi-Object Fibre Spectroscopic Telescope：大天区面积多目标光纤光谱天文望远镜。我极爱她的名字，LA是阴性，MOST 是最高级。有效通光口径达 4 m 的 LAMOST，当之无愧的中国最大的光学望远镜。她的中文名叫郭守敬望远镜，以我国历史上著名的天文学家郭守敬命名。

洁白塔身在星光下并不显得很暗，独特的造型虽然在照片里已经看过，但还是很难不被吸引。经典的光学望远镜从建筑外部看很容易辨别——圆柱塔身，头顶有圆形球顶，望远镜就在球顶之下。夜晚繁星亮起，球顶打开，望远镜在激光的引导下指向指定的区域，进行观测。

LAMOST 从外观上就不像一个光学望远镜，当然也不像射电镜。它由一个矮小的经典球顶和一个类似于五线谱中两个连在一起的八分音符的建筑组成。你没办法把一个望远镜从这个建筑中完整剥离出来，它本身就是这个望远镜的镜筒。

我仰着头痴痴看她，然后忍不住跑起来，跑到建筑底下仰头看她，然后跑到背后看她，围着她转来转去看她。苏晨把我丢在这里，便回去了，苏晨的媳妇儿问："把她丢这儿行吗？"苏晨说："没事儿，这里绝对比外面安全。"

这里当然安全，LAMOST 可是国家重大科学工程项目。我第一次可以享受安全、静谧，无须忍受饥饿寒冷的观赏星空的夜晚，简直要手舞足蹈了。这么黢黑的地方，这么亮的星星，这么美的望远镜……

我在 LAMOST 附近来回跑着，为自己手上可怜的不带广角头的半幅相机寻找合适的机位。很快就热得满头大汗，晚风猎猎吹动山里的树，我感觉很惬意。只是口渴了，有点后悔没带一瓶水在身边，想回去拿水又舍不得身边的望远镜。

最后我跑累了，跑到 LAMOST 西边另一个特别大的天文台前面，架起相机让相机自己拍。我自己坐在大天文台前面的石头上，看着远处的 LAMOST 发呆。

LAMOST 中间顶楼的门有时候打开、关上——那是焦面所在楼层，远远地看见极光一样的绿色灯光透出来，有穿着防尘服的人影在灯光下进出。今晚是好天，是工作的好时候。啊，好天！

我心满意足地叹了一口气，舔舔干裂的嘴唇，靠在大望远镜前的立方体大石头上，不想动了。这里气候干燥，水分正从我龟裂的皮肤里逃逸。水汽是望远镜的天敌，干燥的兴隆山区，正为观测站内包括 LAMOST 在内的一众望远镜提供庇护，使他们的视线免于水汽干扰。

LAMOST 夜景

　　我很享受此刻的阒寂，黑暗的夜和明亮的星，天地间我与 LAMOST 都只关心一件事：灯光隐去之后，宇宙本来的模样。

　　宇宙的模样藏在光和时间里。光可以析成光谱，光谱中蕴藏着遥远的古老的宇宙丰富的信息。从远古走来造访地球的亿万星光，只有极少量以光谱形式被记录下来。而 LAMOST，正是为光谱巡天而生——对赤纬 –10°到 +90°的天区内的天体进行巡视，记录天体光谱，探寻星系结构演化、宇宙大尺度结构的秘密。

　　LAMOST 的巡天包括两部分：LEGAS——the LAMOST ExtraGAlactic Survey（LAMOST 河外巡天）和 LEGUE——the LAMOST Experiment for Galactic Understanding and Exploration（LAMOST 河内巡天）。

　　世界上有各种巡天望远镜，让 LAMOST 与众不同的是她集大口径、大视场、多光纤于一身，是光谱巡天的利器。望远镜的口径越大，对天体的分辨率越强，相应的视场也就越小。而 LAMOST 在大视场的施密特式望远镜的基础上，克服了这个难题。多光纤是指在望远镜焦面上放置着 4000 根光纤，这意味着她同时

第二章
昨夜星官动紫微——帝都天文台志略

可以获得 4000 个天体的光谱——这使她成为世界上光谱获取率最高的望远镜。

作为一架中星仪式的望远镜，LAMOST 的观测主要在子午面进行，天体过中天时被光纤捕获。

夜渐渐深了，风大了起来，云正在快速聚拢，我有点扫兴地收了脚架，又走到 LAMOST 脚下，两个女生正在摆弄液氮罐子的阀门，我远远地看着她们操作。跑梅马的队伍据说已经到山下了，我在微信上对即将和他们一起上山的好友马马说，麻烦帮我带瓶水，我要被风吹成干尸了。

以 LAMOST 上方的大角星作为参照，比它暗的星星正纷纷被云遮挡，风越来越大，吹乱了我的头发。又过了一会儿东边传来人声和脚步声。我知道是跑梅马的人来了，过一会儿幢幢的人影走近，我看到带头的人，幸灾乐祸地说："你们来晚了，上云了哦。"带头的应该是张超，显然他不认识我，只尴尬地点点头说了一声哦，便继续往前走了。跟上来的人群里马马在黑暗中认出了我，试探性地叫我："蛐蛐？"我大喜过望，奔过去接过他给我送来的救命的水，灌了大半瓶之后，又幸灾乐祸地对他说："你来晚啦！上！云！啦！"

我拥有这种奇妙的分分钟让周围人尴尬到死的技能。马马苦笑了一下，随他们去到前面架相机拍照片了。我看天上的云已经遮挡掉最后的大角星，LAMOST 的 MB 控制室里的灯已经关了。喝完剩下的小半瓶水，提溜着空瓶子，我扛着脚架快乐地没有遗憾地往回走了。后来我看见了马马的照片，LAMOST 以四处聚拢的云气作为背景，倒也霸气十足。

我像瞎子一样在伸手不见五指的观测站里摸索着回迎宾楼，在树林子里乱窜了好一会儿才找到迎宾楼。地灯缓缓亮起又缓缓熄灭，我蹑手蹑脚地走回房间。另一张床上苏晨的媳妇儿已经睡了。我这才意识到自己从早晨下火车到现在还没好好休息过，我累坏了。我知道这会是这几天行程里最舒服的住宿，我会在后面几天颠沛流离中怀念它，我奋力地洗了个澡，奋力地把自己塞到干燥的舒服的纯棉的被窝里，奋力地用脸蹭一蹭干净的枕头，奋力地昏睡过去。

我一觉睡到天大亮，没能起来看日出。我躲在被窝里发消息问苏晨和马马，他们都没有起来看日出，我遂获得一些安慰。我们洗漱完溜达到食堂去吃早饭。路边的树林子里不像晚上那么黑暗，而是充满了生机，到处都闻得鸟叫，偶尔瞥见大鸟噗噜噜飞过的身影，好像身处桃源，令人忘返。我们看见一只啄木鸟，

静听宇宙的声音
——走进中国天文台

正在嗒嗒地啄木头，苏晨的哥们儿问我，你说它会不会得脑震荡？

食堂早点堪称丰盛，各色馒头包子、粥、面条、咸菜、鸡蛋……朴实但品种繁多。吃完早饭其余人回迎宾楼休息，我继续在观测站里转悠。昨晚走过的小径，白天再走一遭，路线就明朗了很多，大概知道了位置方向。譬如观测站的正门是面朝西的，而LAMOST因为是中星仪式的，观测在子午面附近进行，所以必然是南北朝向。整个观测站呈东西向狭长走势，内中镶嵌了11座光学设备：郭守敬望远镜（LAMOST）、2.16 m望远镜、1.26 m望远镜、地基广角相机阵、1 m反射望远镜、80 cm反射望远镜、测光辅助望远镜、50 cm反射望远镜、60 cm反射望远镜、施密特望远镜、85 cm反射望远镜。

天气好极了，我真爱北国的憨厚气候，虽然昨晚最后上了云，天晴也晴得利落，园区里一片盎然的春意。我在小径上蹦蹦跳跳地走着，假装自己是活泼动人的小鸟。路边有真的小鸟，在建筑墙壁上的排水孔里筑窝。树林里有小径，我走进去看，小径的尽头，绿意掩映着一座半身雕像，那是程茂兰先生。

园区内的指示牌

程茂兰是北京天文台的第一任台长，兴隆观测站的台址，由他于1964年亲自主持选定。生于清末的程茂兰留学法国攻读天体物理，获得博士学位后留在法国的天文台任研究员。中华人民共和国成立后，程茂兰应周恩来总理邀请，回国致力于北京天文台的筹备和2.16 m望远镜的建设——就是我昨天晚上见到的那座巨大的2.16 m反射望远镜。

和民国走来的很多老一辈知识分子一样，程茂兰的半身像穿中山装，梳寸头，戴眼镜，目光温和。半身像下镌刻的文

第二章
昨夜星官动紫微——帝都天文台志略

园区内的地图

字中有提到他曾获法国教育部颁发的骑士勋章——这个中国河北一个木工的儿子,在法国这片异乡的土地上成为一个卓越的恒星光谱研究专家。据说他还是位古道热肠的侠义之士,在任职的普罗旺斯天文台"窝藏"了躲避德国纳粹追捕的犹太人,那人正是法国著名理论天体物理学家沙茨曼(E. Schatzmann),两人后来成为挚友。

旅居欧洲多年的他放弃了普罗旺斯天文台的职位,最终选择了回到还是新生赤子的中国。回国后,程茂兰并没有被种种逆境击垮,而是沉默地接受了各种不公正的对待,在最艰难的时候仍旧领导北京天文台积极地参与国际天文学的交流,并且帮助周围同样身处逆境的年轻人渡过难关。

松柏青青的树林里,微风拂过光洁的铜像,我闭上眼睛感受他创造的这一切,为我们创造的这一切。

苏晨打电话来,说陈颖为老师要带我们去2.16 m望远镜参观。我遂往2.16 m

望远镜那里走。路过 LAMOST 附近,看见小坡我非要爬,咻咻地爬到顶上听见人声,扭头一看,陈老师带着苏晨他们从小路上来。

我们路过高大的 LAMOST,径直走向 2.16 m 望远镜。和夜晚看到的 2.16 m 望远镜不一样,白天的 2.16 m 望远镜是个憨厚的白胖子。我们从一楼拾级而上,到达二楼,看见长者题的字,"探索宇宙奥秘,造福人类社会",不由莞尔。进主控室之前瞥见墙上挂着的望远镜的设计图,略感奇怪,没来得及细想,被带进主控室,就被巨大的镜筒吸引了目光。

我知道北京大学吴学兵教授的团队刚刚用这台望远镜发现了一个红移 5 的活动星系核,所以在我的想象中它应该是有着现代感白色外表的高科技光学设备。我看到它的时候有点发愣,它确实很大,但样式很老,色彩是绿色和米色的,有点像 20 世纪中期苏联的风格。

陈老师的介绍把我从遐思中拉回来。原来,2.16 m 望远镜的建设可以追溯到中华人民共和国成立后程茂兰先生回国前。程茂兰先生回国前,就已经和周恩来总理提出了要建设 2.16 m 望远镜的想法。回国后程茂兰先生便一手开始了计划的实施。在 2.16 m 望远镜之前,天文台先实验性地制作了 1.88 m 的镜子,碍于当时工艺技术的限制,没能成功,又制作了 60 cm 的,这台 60 cm 的镜子还算成功,至今安放在兴隆观测站内,并一直工作着。

程茂兰原来的计划是从英国购买镜面,"大跃进"时期,受到当时风气影响,国家决定自主磨制镜面,当时上海的新沪玻璃厂磨制了两块,但都在安装过程中摔碎了。后来时局有变,2.16 m 望远镜的建设被中止,到 1972 年才被重提。主镜最终决定由苏联赶制,半年即出炉——我曾在上海的玻璃博物馆看过玻璃工艺品的现场演示,一件简简单单的拳头大的小鸟,制作完成后也得在恒温的炉子里待上一个月,以避免温度下降过快造成的形变。半年即出炉的 2.16 m 口径的镜子,质量可想而知,据陈老师说,负责抛光的老师形容它"硬的地方,像块石头;软的地方,像豆腐"。在这种贫瘠的条件下,他们到底想出了不少办法来解决问题,最终制成了参数符合标准的主镜,就是我面前的 2.16 m 望远镜。

这台 2.16 m 望远镜,于 1989 年建成,1992 年正式投入使用——距离程茂兰先生辞世已有 14 年。程茂兰病逝于 1978 年,生前最牵挂的,仍旧是这台 2.16 m 望远镜。

第二章
昨夜星官动紫微——帝都天文台志略

圆顶下的这台巨大的 2.16 m 望远镜，拥有强有力的赤道仪系统，极轴比主镜还大，占据大部分视野。我想起刚才在门外看到墙上挂着的 2.16 m 望远镜望远镜设计图，突然想起一个问题，问陈老师："这个极轴里是不是还有一条光路？"

陈老师一听就笑了，点点头说："一般人很少会问到这里，既然你问到了，我就说说。"他指引我看极轴上方，说："那里有块扁球镜。"

2.16 m 望远镜是经典的 RC 系统卡塞格林式反射望远镜，具备卡塞格林焦点和折轴焦点。但折轴系统和卡塞格林系统使用的是不同的副镜，转换时是需要更换副镜的，增加机械结构复杂性不说，还会降低精度，耗费时间。1972 年，参与 2.16 m 望远镜制作的苏定强院士提出了一个更好的方案，在极轴上方增加一块扁球面的中继镜，不仅避免了转换副镜带来的一系列麻烦，还同时消去了彗差和球差。这种折轴系统可以用于各种装置的大望远镜，美国天文光学家迈奈尔（Meinel）将这种中继镜称为 SYZ 中继镜——以参与研制这种中继镜的 3 位院士苏定强、俞新木、周比方的名字命名。SYZ 中继镜影响深远，欧洲南天天文台在智利建立的 VLT（Very Large Telescope）甚大望远镜，使用的就是这种共用副镜的方案和类似的折轴系统。

说完了主镜，陈老师兴致勃勃地给我们看他在主镜下方安装的量角器，又掀开地面上盖板，光路可以直接通向三楼。"都是我自己做的。"陈老师说的时候像小孩子一样眼里大放光芒，给我讲他如何定位圆心，避免误差。

这台当时远东最大的望远镜如今面向全世界开放，任何人只需要填写申请表格，由评审会审核通过后，就可以获得规定时间内的使用时间，一般配额是几个晚上。在规定时间内，这台望远镜的所有设备都归申请人调配。不过，陈老师补充道："申请人数众多，今年下半年的时间已经全部分配完了。"时间非常宝贵，所以申请人都很珍惜分配到的时间，非常害怕被打扰——争分夺秒工作的夜晚若有外人来访，可想而知有多烦。不像野外台站——比如我去过的羊八井，半年难得见到同类，客人来了有好酒（并没有）……

昨晚在站里为拍摄到 LAMOST 全身寻找合适机位的时候，确实看到过一个非常适合拍照的地方，就在 2.16 m 望远镜塔身上面，有一个沿着墙体搭建的简易楼梯，盘旋而上，可从外面直达四楼，在那里可以轻松地看到 LAMOST 全景，没有树枝遮挡。我一看到那里就明白，网上一些比较有名的以 LAMOST 作为地

静听宇宙的声音
——走进中国天文台

景的星野照片，应该都是在那里拍的。天气晴好的夜晚是天文工作者工作的宝贵时机，任何打扰带来的损失都是无法计算的。

从 2.16 m 望远镜出来，我们径直前往 LAMOST。一直以来我只能通过在网上查找关于 LAMOST 的信息来了解它的内部技术细节。譬如它的工作原理和它能达到的实际效果。前面我说过，LAMOST 是一架中星仪式的施密特反射式望远镜。它的光学系统是由北端的反射施密特改正镜 MA 和南端的球面主镜 MB 构成，焦面在中间——这就形成了我们在 LAMOST 外部所见到的建筑形态：3 座竖着的"塔"，顶部有"横廊"连接。MA 由 24 块六边形子镜拼接而成，口径 5.72 m × 4.40 m，MB 由 37 块子镜拼接而成，口径 6.67 m × 6.05 m。MA 对天体指向跟踪，天体的光经 MA 反射到 MB，再经 MB 反射到焦面上成像。焦面上装置 4000 根光纤、16 台光谱仪和 32 台探测器。

陈老师带领我们走进北边的 MA 球顶。我们在一楼穿上防尘鞋套，进入放置 MA 的控制室。

组成 MA 施密特改正镜的 24 块平面镜由声名赫赫的肖特公司制作。肖特公司和蔡司公司是兄弟公司，制作各种光学玻璃已有数百年历史。据陈老师说，当时肖特提出了一个高昂的报价，天文台便决定改用国产。克服了一些技术难题后，国产和进口的差别也就小了很多。肖特闻言，立刻放低报价，皆大欢喜。

电梯楼层按键上贴着字条，说四楼正在测光，禁止入内。陈老师看看说，焦面仪室我们是没法去了，就看看 MA 吧。对我而言，能看到 MA 已经是足够幸运的事了。须知 MA 这面独特的施密特反射镜是这台大镜子独领风骚的核心所在：MA 是可变的非球面镜，也就是说，LAMOST 采用的是主动光学技术。主动光学技术能够实时校正光学系统的球差，同时还能校正结构的重力变形、热变形、制造和安装误差。

我们沿旋梯缓缓上楼，在球顶下巨大的 MA 施密特反射镜下站立，能看到 24 块散发冷光的六边形镜面下面有密密麻麻的蓝色的感应器和连接感应器和镜面的弹簧。计算机能够对弹簧和感应器发出指令，弹簧实时改变镜面形状，感应器感应变化幅度，进行微调。

从 MA 出来，我们站在控制室之前的横桥上，看着远处的群山。日光极好，和风在塔台中间穿过。我知道此刻我左手边的焦面仪室正在测光，在世界各地

第二章
昨夜星官动紫微——帝都天文台志略

受过训练的技术人员正在忙碌，LAMOST不眠不休，担负着光谱巡天的任务。巡天是世界上很多望远镜都在进行的任务。宇宙学非一人一时一地所能完成，每一个望远镜，每一个使用望远镜的人都是最终汇入江海的一条河流。

LAMOST于2009年通过验收，2011年开始先导巡天，2012年开始正式巡天。从它诞生到今天，就伴随着不同的声音。质疑大多集中在这个花费了巨资的设备是否得到了相应的回报，以及它所在的地点到底是否达到了适合观测的标准。

从历史角度来说，人们普遍钟爱开创前人未有的，钟爱"最大""最快""最先进"之类的字眼；但也是因为历史深刻的教训，人们对这些最高级的词有着条件反射地敏感和排斥。它最大，但它是否实用？它最快，是否有驾驭得了它的人？它最先进，是否能产出相配的成果？

LAMOST，中国最大的望远镜，能够在一次曝光中同时获取4000个天体光谱的望远镜，也是世界上少有的大口径兼大视场的望远镜，它必然要面对的是这些问题。

然而，"成果"很难用一种简单的标准来衡量。宇宙学本身尺度就足够漫长，任何一门学科，也无法保证自己的某一项成果，可以在短时间内达到。更多的是前人栽树，后人乘凉。基础学科对于人类的深远影响，这种讨论并不在我眼下想说的范围内。我想表达的是，任何一个乐于参与公共科学建设讨论的成年人必须意识到，任何学科要产生成果都需要宽松的时间尺度和宽敞的学术环境。捉襟见肘的资源对科学研究热情的消耗是无法估量的。缺乏同行评议，众口铄金的幽幽众口也是一大障碍。科学工作者如果希望能够为自己争取更多的时间和资源，傲慢和优越感并不能达到目的，科普才是一种非常重要且有效的方法。

一方面，科研机构为普通大众普及科学知识，能够更多地避免无意义的"造火箭是否有益于国计民生"这种问了无数遍却还不能休止的问题；另一方面，正如我刚才所说，科研需要更为宽松的时间，非一人一时一地之功，培养更多更优秀的人才进入科研行业，和科研本身一样重要。我的一位做教育的朋友曾对我说，看国外的一些自然科学教科书，能够感觉到这些工作者对于宣传、鼓吹本学科重要性的不遗余力，像市场化一样，和其他学科竞争，吸引人才加入。最大的望远镜也好，最快的速度也好，都是用钱可以买到的设备，而优秀的人在望远镜下工作，才是最好的。

静听宇宙的声音
——走进中国天文台

说到科普，陈老师说，今天张超他们带小朋友来看大日珥，叫我去帮他们调一下设备。他带我们一起去公共天文台看看。

陈老师说的公共天文台是一个二层小楼，楼顶可以开合，楼底8根立柱支撑二楼平台。平台上几个赤道仪，都安放在立柱高出二楼平台的部分，足够稳定，不受地板抖动之虞。我们走上二楼，看到这个方案，直呼绝妙。那边贾昊已经在调适一个152 mm的日珥镜，目镜中已可以清晰看见日珥。他们把电脑连接目镜，再用投影仪把屏幕打在室内的白墙上，学生们不用凑在目镜上就可以轻松看见目镜里的日珥。我在二楼天台上四处转着，除了贾昊正在调试的日珥镜之外，其他几根柱子上还有几个没有在工作的小型望远镜和几个空置着的赤道仪。其中一个红色必是派拉蒙，陈老师做了很大的鸠尾板安在上面，上面有各种型号的螺口。天台本身的滑动屋顶，也是陈老师自己指导工人做的，有滑轨和收线器，可以在按钮控制下轻易开合，两边挡板也能轻松开启放下。

和陈老师转了一上午观测站，除了大镜子之外，还能够屡屡让我惊叹的就是陈老师的匠心。陈老师无线电专业出身，一双巧手，一身技艺，能把一堆铁板变成一个精彩的天文台。用身边简陋平凡的材料创造出全新的世界，无比专注，更有几十年磨一剑的专业——这是我能想象到的最美最自由的事。而陈老师自己，穿着夹克，戴着眼镜，和无数普通的20世纪50年代走来的工人一样，笑眯眯看着自己创造的这一切。看他心满意足地站在阳光下一堆望远镜中间，看着摆弄望远镜的孩子们，我想到电影《万物理论》的结尾，霍金和前妻简，站在花园里，看着满园春色和跑来跑去的孩子们，霍金对简说："Look what we made."（看我们创造的这一切！）此刻我突然也就理解了，兴隆观测站从兴建至今，在缺乏资源的时代，甚至是我国工程技术并不在世界前列的今天，解决种种技术上的困难，以星星之火点亮了一个个巨大的望远镜，我们后人得以伸手采摘果实，并非是某一个过人的英雄力拔山兮，而是无数个匠人无声的耕作，积年累月，前赴后继。像无声的细雨在午夜的轻响，在不经意间抬头，翠色已覆了满山。而摘果实的我们，也将成为他们，种下种子，一代又一代，绵延不绝。

来这里看日珥的队伍很快就要来了，我也是时候转战下一个目的地了。辞别了苏晨和陈老师，辞别了所有胖胖的大镜子，我背着包登上了去密云的列车。

第二章
昨夜星官动紫微——帝都天文台志略

天文爱好者为孩子们调试日珥镜

▶▶▶ 把酒问青天：密云射电阵

兴隆的陈老师为我叫了一辆车到火车站。从师傅的车上下来以后我意识到，我已彻底离开优厚的食宿条件，独自一人的旅行正式开始，我恋恋不舍又激动不已。兴隆站小小的，一个大房子隔开成两间，就是候车厅。我枯坐了一会儿，在小卖部买了一袋乖乖炼乳脆果和盼盼麦香鸡味块。这两袋20世纪90年代的小零食像质朴的小伙伴一样陪伴在我身边，等待即将到来的火车和行程。

从兴隆到密云的路线，事先我是通过百度地图规划的，去过密云射电阵的朋友都是开车去的，在网上也只能找到自驾的线路。因为种种原因我一直没有考驾照，这时候就分外后悔，如果能开车，在北京租一辆车，到哪里都方便，费用也还可以承受。现在我对目的地情况一无所知，就算到达目的地，如果有什么状况，我一个步行者，也无法很快地撤退。喜欢看星星的人出没于深夜，而夜晚是哺乳动物最脆弱的时间段，所以对人身安全我们往往会格外注意。但这个时候让我知难而退不太可能——难得有整块的时间可以让我把北京周边的

静听宇宙的声音
——走进中国天文台

几个观测站逛个遍，怎么能够错过。后来我不抱希望地用百度地图搜索了一下从兴隆到密云射电阵的路线。百度地图老老实实地回答，耗时7个小时，先坐3个小时火车，然后再乘4个小时公交车到不老屯镇。在没有小汽车这种机动高效的交通工具的情况下，这么疯狂的线路好像也不是那么疯狂。白天在路上，在附近农家住下，夜晚步行去射电阵，也是可行的。网上反复确认了公交信息和备选方案（备选方案就是如果半路发现某段线路不可行那就只好哭着回家）之后，订了火车票。

县城的火车吵闹拥挤，左边的小孩子一直在背唐诗，对面两个小孩在打架。我的座位旁边坐了位小哥，问我是不是徒步的。我说不是，我在坐火车，不在走路。他有些尴尬，补充道，看我背着那么大包，肯定是徒步的东西。我说，不是，器材。小哥便闷头继续玩手机游戏了。哼，我心想，就算我长得好看，也别想和我搭讪……我又不是十八岁第一次出门远行，如今的我愿不愿意和陌生人交谈完全看心情。但此刻我正非常投入地吃手里的乖乖炼乳脆果，谁有工夫说话。吃完了一袋炼乳脆果，对着窗外绵延的荒山发了一会儿呆，就到密云了。

密云站比兴隆站还要小，就是个小房子。我背着包拎着剩下的一袋盼盼麦香鸡味块，从车站出来，茫然四顾，准备去公交车站，遇到开黑车的大姐，问我上哪儿。我没有答话径直往前，想了想转过身问她去不老屯多少钱，她想了想说一百五。我摇头说太贵了。她又说，送我到公交车站，二十块。我说好。此刻是五点，我算准了火车到站时间和到不老屯的末班公交车时间中间差微妙的半小时——我特别喜欢这种紧凑又稍稍留有余地的时间安排。

大姐于是开车把我送到公交车站。车上我说如果第二天我找不到车从不老屯回密云，就给她打电话来接我，她便把电话留给我。下了车以后我在车站站牌前看，她也下车来帮我看，我找了半天没找到网上查到的到不老屯的那班车，她于是到处打电话帮我问。我正着急得上蹿下跳到处找，公交车居然来了，我赶紧跳上车，车门"砰"的关了。我挤在门口给她打电话，说我已经上车了，叫她不要找了，她才放心离去。

我以为这种城郊的车会非常空，但事实恰恰相反。整个公交车挤得像个罐头，我背着大包刚挤进去就卡在了刷卡的过道上，我挥舞着胳膊奋力挣扎仍旧无法动弹，像被人捉住壳子的龟。大包还把一位大姐卡在栏杆上动不得，不过她也

第二章
昨夜星官动紫微——帝都天文台志略

没怪我，只趴在栏杆上嘿嘿地笑自己的窘境。后面有乘客帮我把包往里推了一把，我才得以脱身。

我在入口处回过身来，扶着把手勉强站稳，热得满头大汗。车在乡镇的柏油路上飞快地开起来。以往外出观测，坐什么交通工具都有，但到最后最偏僻的地方，一般都是坐当地人的金杯车，乘公共交通还是第一次。现在看来，好像也不是很疯狂，挺合适呀，只要两块钱！

我站在前门的位置，忍受着背上大包带来的腰酸背痛和密闭空间的闷热，看着车窗前的风景，心情莫名好起来。这是京郊的一个普通小县城，春风还没绿到这里，周围的山坡都还灰扑扑。这里邻近水库，道边有好多卖水库鱼的。卖鱼的招牌就用瓦楞纸板，油漆直愣愣地写，"卖大鱼"。特别萌，我忍不住笑了，也就不再为自己到现在没学会开车而耿耿于怀。开车有开车的好——能看见公路、远山、风；这么乘公交过去，倒也看到开车看不到的景色——人、草木、卖大鱼。

我背着包站了一个多小时才有个座位，又开了半小时，车就到了不老屯镇。我跟司机说到燕落村的时候提醒一下我，旁边一位大姐跟我说，再过两站，镇政府过去就下。看上去不发达的乡镇地区，百度地图的时间估算还是会有些误差的，从火车站乘公交车到不老屯，总共也才耗时两个小时。

公交车在太阳落山后开到不老屯，把我在一个荒凉的好像由破铁皮拼凑而成的车站丢下后绝尘而去。我站在车站前面，一阵风卷起车旁边的一大堆麦秆。一个大叔开着拖拉机轰轰隆隆地路过，丢下一路枯树枝。我拎着盼盼麦香鸡味块发了会儿呆，背着包往车站后面的农家院走去。

农家院门口有一圈羊，我走过去它们就抬起头来，一边心不在焉地咀嚼一边看我，我停下来，在淡蓝的暮色中隔着栅栏和它们对视了一会儿。牧羊犬在旁边紧张地看我，我过去给他闻闻，他闻了闻，就退下了。我又往里走，走到农家院里。一大家人正在吃饭，见我进来，男主人把我领到隔壁的农家院，他一边带我走一边说，今天房间都满了，我电话里答应过你有房，说话算话，我给你找到一个……

隔壁是一个小一点的院落，南边是厨房和卫生间，客房在北边。这家院落的女主人带我进了北边的厢房，中间是客厅，东西两边是卧室也就是客房。虽

静听宇宙的声音
——走进中国天文台

然早有准备,但我还是不乐意地嘟囔道,不能洗澡啊。同时庆幸自己今天早晨在兴隆观测站洗了个澡。

客房不大,摆了两张床,一个梳妆台,镜子上夹着一个短头发女孩子的照片。我放下包,问女主人要钥匙,女主人觉得多此一举,说这里没人拿你东西。我固执地要钥匙,一如我在珠峰脚下的绒布寺头痛得眼冒金星还不忘找喇嘛要押金收据。最后女主人还是从客房的抽屉里翻了半天,找了生锈的钥匙给我。然后女主人问我吃不吃晚饭,晚饭五十块。我说,晚饭早饭加一起五十。女主人想了想,开心地答应了,问我吃啥,我说,给我炒两个菜,一碗饭就行。她刚要去做,我问她射电阵在哪儿,她说:"啥?"我说:"大天线。"她说:"噢,你出了门往南走走到头,再往东走就是。"又说:"隔壁屋今天住了两个小伙儿,他们也是去那儿的,你们可以一起去。"我问:"他们现在在哪儿?"女主人说:"去镇上吃饭去了,回来你问问他吧。"

我整理了一下相机,女主人饭菜就做好了,她帮我在客厅摆好桌子,端上来一碟芹菜炒肉,一碟黄瓜拌香干和两个馒头。馒头!我的米饭呢?我深知在北方找主人索要米饭是很不现实的,遂就着一大包委屈的泪水吞下一块馒头。现炒的热菜味道好极了,黄瓜拌香干也清爽宜人,要是有米饭就更好了……正吃着,隔壁两个小伙子吃完晚饭回来了,听女主人说我也是去看射电阵的,他们问我什么时候去那边,我正毫无形象可言地大口吞咽馒头,含含糊糊地说吃完就去,他们说今晚天气不好,准备第二天再去了,互道一声晚安,两人回房去了。我草草吃完,和女主人知会了一声,扛着脚架相机出门去也。

这里亮化工程显然不如市区,到了夜晚只有零星路灯,我在低矮的平房中间的小路上忐忑地走着,竖着耳朵留心周围的动静。恐惧来源于陌生,我对这个地方的民风、地理并不熟悉,心里生出无数种可能。我真害怕自己被抓走卖掉啊。一切都静悄悄,只有冲锋裤摩擦的窸窸窣窣的声响,偶有路边人家院子里装腔作势的狗吠,我不理,走远了它也就不再叫。走了十几分钟,平房都在身后了。周围开阔起来,景色换成了树林、野草地,我隐约闻见草和湿泥土的气味。又走了一会儿,路就到头了,有铁丝网向左右两边延伸,前面应该就是水库了。我往东看,并没有想象中高大的射电阵,遂沿着铁丝网往东走了一会儿,终于在夜色中隐隐约约地看见了。

第二章
昨夜星官动紫微——帝都天文台志略

这两天的天气都是白天好,到了晚上就开始起云,只有远处不老屯镇政府的灯光模糊照出天线的轮廓。我朝它们走去,很快它们像列队的士兵一样,整整齐齐地,一个接一个地,出现在视野中了。

3 m多高,天线罩由铁网一丝不苟地编织而成,东西两边各放置两串重锤,像把手一样有力地掣住大头。沿着路边一溜排站立,一眼望不到头的这些士兵,全都静默仰头望天,好像还在工作,还在探索头顶星空,向深处更深处凝听。然而今夜风起云涌,只有木星还在,摇摇欲坠。

我沿着小路一边往东走一边数着路边的天线,越往东天线之间的间距越大。身后有手电光远远跟来,我像迫害妄想症患者一样,一跳一跳地钻进路边草地,躲在天线后面,百无聊赖地等了一会儿,等手电光转弯去了别的地方,我才又跳出来继续数……啊,我忘记我数到哪里了。

算了,回头再数吧,又走了一会儿,左手边出现一个更大的天线,有十几米高,直径约是天线阵的单独天线的五六倍,亮着的灯毫无疑问地表明它还在工作,和右手边小天线比起来,它好像是将军在统领着面前的士兵。而且它看上去更现代也更复杂,它的钢结构看起来都是雪亮的,非夜色下黑色的天线阵

傍晚的射电阵

夜色升起后的 VLBI 50 m 和射电阵

所能比。这里居然还有在工作的观测站,这是我之前在网上没有查到的,我加快脚步走过去。快走到大天线下面,远远看到一辆小汽车,旁边似乎站了几个人影。

纵然我胆小,但这个时候分析一下也就知道,应该也是和我一样来看射电阵的外地人。我走近一看,地上居然立着一架星野赤道仪。赤道仪旁边站了3个人,其中两个年轻小情侣,另一个年纪稍大的男人。三人见我走过,停下说话看着我。我说,天气不好呀,你们来干嘛。情侣没说话,男人应了一声:"嗨,可不是。"我瞅了一眼赤道仪,问:"信达星野?"男人大感惊奇,说:"行家呀。"我们遂立着聊了一会儿,原来这哥们儿是天津的一位孤独的天文爱好者,来密云见客户的机会,特地带上设备,打算在这里拍一晚。说着他打开后备厢给我看,里面乱七八糟的东西里面,赫然卧着一台黑色小反射镜。我说:"信达小小黑?"哥们儿激动得快哭了,说今天遇到同好了。两人相谈甚欢,一起诅咒这见鬼的天气。旁边两个情侣是来野营的。他们到大天线罩下面的墙根处搭帐篷去了。我很同情地看了看两个孩子单薄的休闲装,祝他们好运。我

第二章
昨夜星官动紫微——帝都天文台志略

摇摇头对哥们儿说，为什么大家都以为露营是很爽的事，我最讨厌露营，还得背那么多东西，没法洗漱，还冷得要死。哥们儿深以为然，半晌弱弱问我住哪儿，能不能给他指个路，这个天气今晚是拍不成了，他想找个地方住一晚。我摆手说："没啦，这里房间都订满了，我的是最后一间。清明节城里人都来这里吃水库鱼，院子里到处停着车……"哥们儿说："那只好今晚窝在车里了。"我想了想说："我房间里还有个床位，你要不嫌弃可以将就下。"哥们儿显得非常不好意思，我摆摆手说："没啥，出门在外大家都照顾一下，再说房费我们可以分摊。"我说："我再往前走走，转一圈咱们再回去吧。"说完我继续往前走，哥们儿在原地拍大天线。

天线阵间距在大天线的正前方达到最宽，可达六七十米，再往东间距又开始缩小。大天线被围墙围绕，大门在东边，没有任何文字标识。门关着，值班室亮着灯。门口和天线阵并排的还有两个小天线，明显和天线阵不是一伙的。再往前再走一会儿，天线阵间距回到最小，才算走到头。

射电天文的历史可以追溯到 20 世纪 30 年代。1932 年，美国的无线电工程师卡尔·央斯基用自己在贝尔实验室设置的天线探测到了来自银河的辐射。1937 年，同样无线电专业出身的格罗特·雷伯在自家后院修建了一架 9 m 直径的抛物面碟形无线电望远镜，被认为是无线电天文学的先驱。

云依旧厚密，木星依旧坚挺，南边隐约可见水库对面密云城区的光。风轻轻吹着，天线身上的铁网殷殷地

天上只剩下木星

静听宇宙的声音
——走进中国天文台

响起声音。站在这里，很难不想到一部老电影，《超时空接触》（*Contact*）。女主角在美国 VLA（甚大天线阵）下孤独寻觅来自天外声音的身影深入人心。造型独特壮观的天线阵也伴随着电影的流行，为更多普通观众所知。

1962 年，英国的天文学家马丁·赖尔利用了波的干涉原理，发明了综合孔径望远镜。干涉（Interference）在物理学中，指的是两列或两列以上的波在空间重叠时发生叠加，从而形成新波形的现象。用相隔两地的两架射电望远镜接收同一天体的无线电波，两束波进行干涉，其等效分辨率最高可以等同于一架口径相当于两地之间距离的单口径射电望远镜。赖尔因为此项发明获得了 1974 年诺贝尔物理学奖。电影《超时空接触》中的 VLA（甚大天线阵），就是世界上最大的综合孔径望远镜。

《超时空接触》的原著者是声名赫赫的天文学家和科普作家卡尔·萨根。抛开文学层面的讨论不说，这部片子很大程度上表达的是作者对于人类自身在宇宙中的自省，这种自省非瞬间的灵感，而是作者从事天文工作几十年下来对人类与宇宙关系的长久且深刻的思索。影片中评审团问女主角，如果你遇到外星人，你会问一个什么样的问题？作者借女主角之口说出了他心目中的答案——人类应当如何在科技发展的初期存活下来而不是一不小心把自己弄死。这部电影起名《超时空接触》不是没有原因的。也许交流本身就是这个问题的答案。我们不计成本地搜索外来的信息，向外发送信息，甚至亲自前往，为的就是能够获得足够多的关于宇宙的信息，存活下来。信息在交流中才有价值。

影片中女主角曾提到过的阿雷西博射电望远镜，以向距离地球数万光年的 M31 球状星团发射"阿雷西博信息"闻名。《超时空接触》中织女星人向地球人传送的信息制作方式，也许就是受阿雷西博信息的启发。作者借女主角之口说，数学是普世的。阿雷西博信息以无线电形式传送，由 1679 个二进制数字组成。阿雷西博告诉地球以外的生命，我们有 10 个数字，我们的 DNA 是长成这样的，我们是长成这样的，我们所在的太阳系是这样的，以及我们用来发送信息的工具是这样的。阿雷西博之后，还有旅行者号，在履行同样的任务。旅行者号探测器是外层星系探测器，除了探测之外，旅行者号还携带着一张记录有人类文明各种信息及语言问候的唱片。人类对交流的渴望是如此恳切。

和电影中的 VLA 一样，我面前的密云射电阵也是接收来自宇宙声音的一员。

第二章
昨夜星官动紫微——帝都天文台志略

密云射电观测基地的提出最早是在20世纪70年代,由于各种原因,直到80年代才建成。密云射电阵主要接收米波——即波长在1~10 m的波,进行北赤纬天区的普查和特殊源的搜索,同时也对大尺度展源进行米波精细测量。

密云射电观测基地,其实并不是只有这一个阵列。阵列对面那个鹤立鸡群的大锅,其实是一个50 m天线系统,它是中国VLBI(Very Long Baseline Interferometry)的"成员"之一。

VLBI,中文名甚长基线干涉测量技术,这种技术就是基于电磁波的干涉理论,用多个天文望远镜同时观测一个天体,模拟一个大小相当于望远镜之间最大间隔距离的巨型望远镜的观测效果。世界上最大的VLBI系统是欧洲的EVN(European VLBI Network)。中国的VLBI网络,又叫CVN,China VLBI Network,由上海65 m、昆明40 m、乌鲁木齐25 m和北京50 m(就是我面前这座)4台射电天文望远镜组成,4台射电望远镜分别位于中国东南西北4个方位,组成了一个直径达3000多千米的望远镜阵列,在我国探月工程中,对绕月卫星"嫦娥一号"和"嫦娥二号"进行精密测轨。同时,中国的VLBI网络也与国际VLBI网络的合作,参与国际VLBI联测。

观测站门口的那两个小天线,应该也是一套干涉仪。

观测站的东边还有一个小锅,周围竖着一些架子。夜色下看不真切,朦胧中看起来像一个FAST的缩比例模型。后来问苏晨,才知道,这还真是FAST的模型,而且是真的可以观测的模型,可以对天体进行试验观测,演示FAST的各种关键技术。这个模型建成于2006年。

我又慢慢踱回到50 m天线前面,小情侣已经搭好帐篷睡下,哥们儿还在抽烟。看我回来,有点不好意思,这个腼腆的天津哥们儿反复确认会不会给我添麻烦。我摆手说:"没事,只要你不怕我欺负你就行。"说完哈哈大笑,哥们儿更窘了,我也就不再逗他,坐他车回农家院。在牧羊犬焦虑的哼唧声中我们停好车,我领他进屋,把另一张床上我放的包放到桌上,跟他说:"你就在这儿休息吧。"他还没应声,外面响起急促的敲门声,我刚打开门女主人就急吼吼进来,一点儿也不见刚才的好脸色,咄咄地问我:"来客是谁?"我大咧咧地说:"路上捡的。"女主人又问:"有手续吗?"

什么?路上捡的还要办手续?我觉得莫名其妙,但是女主人语气强硬,没

静听宇宙的声音
——走进中国天文台

有证就是不行。哥们儿脾气比我好多了（大多数人脾气都比我好），和女主人说："我老家也是这里的，我奶奶是钱家沟的，我爷爷是董宝峪的。那啥，我睡外面沙发总行了吧。"

女主人的脸色立刻缓和了下来，托着腮问他奶奶家住在钱家沟哪里。然后带他出去收拾沙发。哥们儿随他出去，回头冲目瞪口呆的我挤挤眼睛，说："不用吵，这儿人你得和他们攀老乡。我老家这儿的，我熟。"

女主人拿了枕头被褥过来帮他铺好被子，又进我的房间来要和我讲道理，我没好气地把她嘘走了，擎着牙刷穿过院子去刷牙。经过客厅还看见女主人坐在沙发上问天津哥们儿他奶奶老家那边的事，听起来好像她老家也不远。我都出去老远了还听见她被逗得咯咯笑。我摇摇头，开始刷牙。过了一会儿门被粗暴推开，我以为又是女主人来找麻烦，没好气地转过头，发现是天津哥们儿。哥们儿愉快地问我，要不要吃夜宵，女主人给他弄了盘炒鸡蛋。

对这个攀老乡的世界已经绝望，我强忍住没有翻白眼，按下牙刷开关把牙刷恶狠狠塞进嘴里，一边刷一边说："我刷牙了，你吃吧。"

第二天早晨，我起来去射电阵看日出，睡沙发的哥们儿虽然咳嗽了一晚，一听我要出去看日出，立刻一骨碌翻身爬起来要和我一起去。我本打算看完日出回来吃个早饭再走，哥们儿则计划开车去看日出然后直接回城里办事。我想那不如捎上我把我带到火车站丢下来，遂收拾了书包和他一起走，女主人站在门口柔声问我们吃不吃早饭。我一边心痛自己的50块钱，一边决然说不吃了。

我们又开车到射电阵。太阳还没从云隙中探出头来，但晨光已经铺满远处的天地与山水。我第一次看清了射电阵的面容。日光下它们身上斑驳的铁锈和攀附的藤蔓无所遁形，看上去不再像神采奕奕工作着的射电干涉仪，倒更符合它现在的身份——被废弃的设施。有的天线上铁网已经破烂，铁丝耷拉着垂下来，头颅却依旧昂着。

射电阵是什么时候停止观测的？我不知道。网上有种说法是2000年以后就没再见到相关的论文了。我又沿着小路慢慢走，走过竖立着的一个个钢铁的坟墓，有农人携花狗走过。农村的花狗大多怕人，见我蹲下来便犹疑不敢上前，农人笑着对他说："小花，有人给你拍照，你快去呀。"小花犹豫良久，下定决心扭头跟着农人跑了。走到尽头，放置FAST模型的地方，白天看才看出尽头是水

清晨的射电阵

库的入口,北边通往不老屯镇。几个农人正三三两两站着说话,看守着水库的入口不让外人进去,应该是禁止钓鱼。他们见我拿着相机,笑问我:"这堆大铁渣子到底有什么好拍的?"我也笑,答不上来。他们遂回头自己讨论到底能卖多少钱,一斤废铁五毛钱,一个大铁渣大概两三千。

对于天文爱好者来说,它们不是废弃的设施,也不是大铁渣,而是一种类似于纪念碑的存在吧。天津哥们儿带我回密云县城,车上他和我说,看《三体》第一部,汪淼眼中出现数字倒计时,后来来到这里。他印象深刻,一直念念不忘,总想来看看。望远镜阵列的壮观总是容易吸引人的注意。冷光的金属褪色,科学过后是美学,然后是人的哲学。

>>> 我见青山:怀柔太阳观测基地

天津哥们儿把我送到密云北火车站,就此别过。我背着大包,拎着一直没

静听宇宙的声音
——走进中国天文台

空吃的盼盼麦香鸡味块四处转了转,在一家脏兮兮的早点摊子上坐下,问有什么早点。正揉面的小哥说有馄饨油条。我问馄饨多少钱,小哥说,两块。我掏出二十块钱,犹疑着问,两块一个?小哥回头看看我说,一碗。我当时的表情一定像一条没有见过世面的哈士奇。最终我要了一碗馄饨两个油条,共计三块五——馄饨汤里居然还有大朵紫菜和开洋(我国南方的方言,指的是腌制晒干后的虾仁干)!当时我已经准备付二十块钱了,二十元一碗的馄饨在上海不算便宜但也绝不是最贵的,面对着两元一碗的馄饨我反倒没有思想准备了。不过味道就真的只值两块钱了——指甲盖那么大的馄饨馅儿,还是已经酸了的。而且每只馄饨都像国产古装剧里的仙女,穿着飘逸廉价大而无当的白长裙在水里游荡,看不见实质内容。平生第一次我把馄饨皮吃了肉没吃。

因为是天津哥们儿捎我,我比原定时间早到火车站许多,遂改了最早的火车票,到了怀柔才上午十点来钟。云又散了,怀柔小城漫溢着毛茸茸的春光。我背着包,拎着盼盼麦香鸡味块,慢腾腾挪到公交车站去坐公交。这里距离太阳观测基地直线距离并不远——怀柔站在密云水库东边,太阳观测基地在密云水库西北边。但密云水库呈反"L"形,基地就在"L"形状的拗口处,东边南边都是水,要想过去都得绕一个大圈。我乘坐的公交车,从地图上看,是选择从西边绕过去,而且不是贴着水库绕过去,而是离得远远的。大概站点设置如此吧,我耸耸肩没有深究。

我坐在车站等车,车站空无一人我正好横着坐,大包靠在柱子上,我靠在大包上,腰背酸痛顿时消失不见,我舒服地眯起眼睛晒太阳。这几天天气总是奇怪,白天艳阳高照,到晚上想拍星星了就浓云密布。但我并不是一个执着的摄影师,所以我很安心地半躺在车站座位上享受北国的温暖春光。热情的阳光抚摸着我干燥的脸和开裂的嘴唇,偶有小风吹过,带来新鲜的花草气息。这几天舟车劳顿,我卷了一身风尘,少有机会拥有无所事事的时间,专心享受旅途中的景色。所以后来我上了车没过一会儿就睡着了。睡着前我和司机师傅说:"师傅啊,到了杨家东庄叫我下噢。"师傅说:"杨家东庄可大了,里面有好几站呢。"我说:"那里有个碧水山庄……"师傅说:"知道了。"我遂放心地看车窗外的山区景色,不一会儿就耷拉着头睡着了。不知睡了多久,车身一个颠簸,茫茫然抬头,还没反应过来,师傅就叫我了:"到了。看到那块牌子没?顺着

第二章
昨夜星官动紫微——帝都天文台志略

它指的方向走就是了。"

我背着大包拎着盼盼麦香鸡味块跳下车,果然看见牌子上写着碧水山庄画着箭头,我沿着箭头走进一条小路,走过两三个平房,就到了水库边,左边是花儿开了满树、一眼望不到头的红叶李,地上铺满了白色花瓣,右边就是怀柔水库,湖水碧蓝清澈,赏心悦目。我心情大好,像小时候独自在外面玩一样,一路蹦蹦跳跳,一会儿摸摸路边的花,一会儿踮起脚来看看右边的水库。再往里走建筑更少,视野更宽广。水库对面远处青山在阳光下妩媚生姿,我忍不住冲它大力挥手,正是,我见青山多妩媚,料青山见我应如是。

所谓山庄,只是山脚下一处篱笆扎成的农家院落,门口有水泥池塘,放养着几十尾大鱼,游得正欢,日光投射到清水里,鱼好像悬浮在空中,"空游无所依"。老板娘收了钱,给了我一把钥匙,叫我往里走。我走进去,路过一只冲我汪汪乱叫的狼狗,再往里走看见一排平房和几个错落搭建的蒙古包。我就住在平房的最东边。啊!这地方真是好,我打开房门扑上床上。房门朝东开,南面一整面都是落地窗户,整个房间都笼罩在暖意融融的阳光里,充斥着织物被暴晒散发出的清新味道。我和床缠绵了一会儿,恋恋不舍地爬起来出门去吃午饭。狼狗又冲我汪汪叫,我走过去它激动得不能自已,在我周围拼命地转圈,铁链子几乎把我绊倒。

我在院子里的圆桌前坐下,叫了一份猪肉粉条和米饭。点餐的小姐姐犯难道:"没有米饭,面条行吗?"我说:"行啊。"过了一会儿,小姐姐又兴高采烈地回来和我说:"有米饭!要吗?"我说:"要啊!"又叫了一大瓶可乐。

旁边的圆桌上是来度小长假的一家老小,车停在院子里,好菜叫了一大桌。红烧水库鱼、炖土鸡、酱骨头、溜三样儿……几个小孩子正围着水泥池塘,在家里长辈的指点下用渔网捞鱼玩。我被太阳晒得舒服死了,懒得动,就笑眯眯微醺着看小孩子捞大鱼。眼前这个生机勃勃的农家院,简直就是汪曾祺小说里的世界,这质朴的欢乐,这尘世的欢乐啊。

过了一会儿,小姐姐端上来一大盆猪肉炖粉条。一大盆,我早就应该想到的,这里是北方。粉条不快点吃很快就会泡涨,我拼了老命地吃啊吃,最后还剩下一大半。我还叫了一大瓶可乐,只喝了几口,交给女主人拜托她帮我放在冰箱里,下午再喝,然后问她可知道天文台在哪里。她一听天文台笑了,往东

静听宇宙的声音
——走进中国天文台

一指说："你出门走上小路，往东一直走就能看到。"

我脱下闷热的冲锋衣，只穿了抓绒衫就往东走去。西边北边是山坡，已经长出葱茏的新绿，东边南边地势略低，很快能看见水边的木船。风乍起，吹皱一池春水。我大感愉快，恨不得在路上跳舞。

一直以来，我习惯于和几个相熟的朋友一起出去看星星，一路上说笑的话题都是彼此熟悉的领域，从出发到回程都配合默契，开开心心。经历了几天的独自旅行，我也习惯了一个人行走，偶然看到心动的景色，想要和人分享，一个怔忡，啊，他们都不在身边呀。微小的惆怅就像河边的一枚花瓣，落在水面上，漾起淡淡的淡淡的涟漪，很快就汇入快乐的大河之中，看不见了。

走过停放着的木船和堤上织渔网的妇人，再走一段，就远远地看见太阳观测基地了。一个"7"字形的塔，塔顶有一个望远镜球顶和一个裸露在外的太阳望远镜。我知道清明节不会有人上班，也并不指望进去，就在它形状奇特的白塔下面看一看，就好了。

太阳望远镜大多临水而建——因为太阳本身是个热源，会加热空气，湍流比晚上强，所以白天视宁度比晚上差很多，而水可以吸收热量，对大气起到稳定作用。相反，水在白天吸收的热量会在晚上释放，也会引起大气抖动，这也是为什么夜晚观测的望远镜往往并不建在水边的原因。世界上比较著名的太阳望远镜诸如美国加州的大熊湖天文台，就建在大熊湖北岸。当然也有建立在高山上的太阳望远镜，比如基特峰的麦克梅斯-皮尔斯太阳望远镜（McMath-Pierce Solar Telescope），也是世界上最大的太阳望远镜，位于2000多米的高山上，大气稀薄，本就无抖动之虞，所以也不必建在水边。

我面前的这座太阳塔，1978年开始筹划，最终建成是在1984年，此地距离北京市区只有60 km。老远能看到太阳塔顶上的一个圆球顶和一个裸露着的望远镜。圆球顶里的望远镜是60 cm的三通道望远镜，可以获得太阳MgI5173Å、FeI5247Å、5250Å三条谱线的单色像和矢量磁场数据；裸露在外的应该是35 cm的太阳磁场速度场望远镜。

观测塔建在一个小岛上，和岸上的观测基地正厅以桥梁相连于二楼。我从桥下穿过去，看见右手河边钓鱼的男人和左手边岸上山脚下两个望远镜球顶——一个是口径为10 cm的全日面矢量磁场望远镜，它能获得波长为Fe 5324Å的全

第二章
昨夜星官动紫微——帝都天文台志略

怀柔太阳观测基地大门

太阳塔远景

静听宇宙的声音
——走进中国天文台

日面光球矢量磁场数据；另一个是口径为 20 cm 的色球望远镜，它可获取波长为 6562.8Å 的全日面 Hα 色球单色像。山腰上还有 3 个天线。

小时候和昆虫一起玩，知道瓢虫有个习性是爱往高处爬，到最高处就张翅飞起。我也是习惯性地，看到山就想爬。我都撸起袖子准备披荆斩棘了，细想一下觉得不对，山腰上有天线，怎么会没有山路，仔细看了一圈，果然在观测基地背后找到一条小径。我顺着小径爬上去，果然通往天线，其中两个天线看上去比密云的要新多了，显然还在运行，另一个则已经生锈，大概已停用多年。

在烈日下爬了好一会儿才到山顶，热得像冒热气的茶壶。山顶上有个小凉亭，我坐在小凉亭里享用着前人带来的阴凉，咻咻地喘着气，抬眼看到远近的山水，山脚下的太阳塔，塔顶望远镜的白色球顶，恰像一枚珠子，镶嵌在这一片大好春光、湖光山色之中。我叉着腰站在山顶，贪婪地把山的翠绿、水的青绿、草木的葱绿一并收入眼底，风习习而过，两腋沁凉，胸襟大畅，一时间物我两忘。

物我两忘的直接结果是我下山的时候把墨镜忘在了小凉亭上，撑着跑步跑坏了一大半的膝盖下山下到快到天线的地方才想起来。我渴得要死一直在想念

太阳塔近景

接收器

山庄某个小冰箱里冻着的我的大半瓶可乐,想起心爱的墨镜还在山顶,气恼得捶胸顿足。无法,只得又顶着中午的大太阳爬回去,再爬下来。

我拖着残废的双腿慢慢挪回去,风又带来早春花草的清香,我的心情又好起来。跑回到农家院,我径直跑到后厨冰箱前,在一大堆冻鱼里扒出了我那瓶冻得冒白气的可乐,扑哧打开,大灌一口。啊,真爽!

池塘边小孩子们已经不见,轮到我一个人站在旁边看大鱼。我想起小时候爷爷带我去钓鱼,用我吃的泡泡糖做饵。我嚼了一个口香糖丢下去,大鱼们居然都没有去吃。扫地的阿姨远远地和老板娘说:"这个姑娘胆子好大,我刚看到她在和狗玩儿。"

我回房间的路上又去看了看狗,大热天它还是被拴在空地上,旁边的小树没有发芽,没有绿叶荫蔽,它一直哈哈哈地喘气。身边有个脏兮兮的食盆,里面是客人吃的剩饭剩菜,水也是有的,但总觉得哪里不舒服。没有人管它遛它,就在太阳底下暴晒。若是我家狗弟也遭遇这种对待,我早就心痛死了。然而农村养狗不比城里,饿不着渴不着,恐怕已经优于乡村绝大多数土狗了。我叹口气,

临水而建的太阳塔

不忍看它眼巴巴朝我摇尾巴希望我过去陪它玩儿的样子，匆匆回房去了。

我爬了那么久山路累死了，躺在床上小憩，外面阳光照进来，把人骨头也能晒酥，我很快就意识模糊。刚刚陷入云朵一般的睡眠，就被隔壁的声音吵醒。我兴味索然地听了一会儿，觉是睡不成了，只得穿衣服出门走走，想起刚才在水库北岸看南岸，好像也不是很远，于是打算去南岸看看。

狼狗还在太阳底下暴晒，趴着一动也不动。山庄门口坐着个老大爷悠然自得晒太阳，我问老大爷，水库对面怎么去。老大爷冲我粲然一笑，露出满口银牙，摆摆手，指指耳朵。小路对面水库堤上织渔网的大姐冲我喊："别问他啦，他耳朵听不见。"说完指指山庄西边我来的路说："从那儿走，沿着水库边的铁丝网走便是。"

我中午在水库边上玩的时候已经大概弄清楚了这一片地形，东边是深水，西边是滩涂，看颜色是干硬的土黄色，可以直接穿过去，无须绕远。我想着趁太阳没落山，去水库对面转转，从水库对面的角度看看太阳塔。

我估算了一下时间，乐观预计半小时内到达南岸，然后自信地开始了悲催的旅程。我牢记织渔网妇人的指点，紧紧跟随铁丝网。铁丝网先是莫名其妙地把我带入养着小狗和河蚌的农家，然后把我带入了烂泥地，一群家鹅从铁丝笼

子里伸出头来幸灾乐祸地看我从泥地里寻找可以下脚的石头块。走了一会儿烂泥地，看见滩涂，我遂在铁丝网找了个缺口钻进去，跳过一个窄河道，就到了所谓的滩涂。滩涂从远处看是土黄色，还以为是裸露的河床，其实是铺满了倒伏的芦苇，倒伏得并不扎实，底下全是空的，一脚踩下去就陷进去，直没到膝盖。所以每走一步都必须奋力拔腿，你永远不知道下一脚是硬的河床还是别的什么。我深一脚浅一脚地踩着，不一会儿就满头大汗，比爬山还累。芦苇大多因倒伏太久已经开始腐坏变脆，很快裤子鞋子上就覆了一层草木灰。我走得胆战心惊，很害怕下一脚会陷入沼泽。说到底我是一个胆小的人，总是幻想出巨大的怪兽，其实大自然也并没有兴趣和我这种凡人作对，我在芦苇滩上拔了半小时的腿，终于走到了一片桦树林。桦树还没发新芽，整片林子整整齐齐地秃着，地面是朽败的枝叶，虽然没有芦苇滩深厚，也积了厚厚一层，踩上去软软脆脆，毫无生机，说不出的诡异。我毛骨悚然地走着，好不容易走出桦树林，发现自己又面对着一大片滩涂。

　　我突然明白了为什么地图上的公交线路都是离水库边远远的，因为水库边就是这些滩涂啊！我恍然大悟，深陷滩涂中间，望着远远的太阳塔和对面的南岸，进退维谷。我想转身打道回府了，但沉没成本出现在我脑海，提醒我来都来了。

静听宇宙的声音
——走进中国天文台

最终我选择继续走下去，动作夸张地又走了半小时，被一条窄河道拦住去路，这下我是真没办法了。倔脾气上来时我也是挺蠢的，看看河道最窄处有鹅卵石，露出水面部分似干燥粗糙，我便脱下鞋袜淌了过去。

鹅卵石真硌脚呀，我痛得龇牙咧嘴，稍不留意脚就会滑入水中，鹅卵石没入水中的部分长满了黏腻滑溜的青苔，不仅恶心而且很容易让我失去平衡。我费了好大劲，终于淌到了对岸，脚已经脏兮兮，沾满了泥巴。我后悔死了自己的钻牛角尖——我没带纸巾啊，现在可怎么办。我站在两块还算干净的鹅卵石上把脚晾干。

太阳正以肉眼可见的速度落下，我是不太有可能天黑前赶到太阳塔对面了。晚霞从西边慢慢晕染开，逐渐铺满了整个天空，水库里的碧蓝水也被染上了夕阳的颜色。远处大桥上依稀有行人和车，他们是要回家了吗？鸡栖于埘，日之夕矣，羊牛下来……啊，真美，我被浸泡在一片橘色的世界里，忘记了脚被鹅卵石硌得生疼，上面沾满泥巴；忘记了自己还不知道下一刻怎么走。

此刻这些美景，这些际遇，只有我一个人体会。我眼所见，我心所想，都只有我一个人记下。它们无可替代，如果我死去，这些也都消失。欧文·亚隆在他的《直视骄阳》中解释人类对于死亡的恐惧：每个人的内心都是一个巨大的独一无二的世界，人的死亡意味着整个世界的消失，万劫不复。我赤脚站在这一片夕晖之中，感到一阵孤独。

夕照随日落彻底收入西边山头之后，我才趁着残留的暮色穿好鞋袜往上走。在一大堆带刺的灌木丛里乱走了一通，被刺扎得啊啊乱叫，叫了一会儿觉得也没人听，就不再叫了。好容易爬上堤，发现这里的铁丝网全都结结实实毫无破绽，而且上面全都栓了倒钩，我翻墙的小伎俩在这种墙面前根本无计可施。我沿着铁丝网向西走了好久走到快要绝望，才看见可以翻过去的地方。

我站在小路上，指望临时下载的滴滴打车可以为我叫到一辆专车，我的坐标在地图上怀柔水库的滩涂里徒劳地闪了好久也没有车主抢单。我看了看此地到碧水山庄的距离，3.7 km。算了，走回去吧，这点距离对平时每天跑 7 km 的我来说也不算什么……

对平时来说确实不算什么，但我今天爬了两次山，还穿越了怀柔水库那个出人意料的滩涂啊！我筋疲力尽，拖着脚步往回走。乡间小路没有什么灯光，

第二章
昨夜星官动紫微——帝都天文台志略

水库边上的渔船

我一边快步走一边毛骨悚然地命令所有感官高速运转，接受外界的风吹草动。现在想想虽然小心点儿也没什么错，但密云、怀柔这些地方，待了这么几天就知道，治安并不差，民风也淳朴，无须风声鹤唳。

云不知什么时候又上来了。清明的这几天真是见了鬼，白天艳阳高照，万里无云，引得朋友圈一众在北京的天文同好欢呼雀跃，到了晚上立刻变脸，云像埋伏许久蜂拥而至挤得全天只剩下木星，到第二天早晨天一亮，又变回晴天。

我在没有星星也没有朋友的黑夜里心惊胆战地走了 3 km，总算是回到碧水山庄，饭厅的灯都已经关了，山庄的人正在收拾，见我人不人鬼不鬼地回来，大感惊奇。我一声不吭冲到后厨，从冻鱼堆里扒出我的可乐大口喝完，才有了点人色。后厨已经收拾干净，女主人又为我做了一碗炸酱面。因为河边有大量蚊虫，没法开灯，我在黑暗中摸索着吃了一碗此生吃过的最好吃的炸酱面。配菜只有一碟炸酱一小碗黄瓜，擀面也没有，用的挂面。但炸酱香气扑鼻，佐以清爽的黄瓜，软糯与清脆相得益彰，令人胃口大开。我在黑暗中大口地吃，老板娘和老板在远处笑话我跑到滩涂里去了。

我又把自己拖回房间，卫生间的热水器意料之中情理之外是坏的。我习惯

水库的日落

了在户外忍受糟糕的卫生条件,居然没有想起对老板提出异议换房,用湿巾简单地擦了擦,就扑倒在床上人事不省。当然扑倒之前没忘记给自己订了两小时以后的闹铃,因为天气预报显示两小时以后云会散去。

　　云散没散去我不知道,因为两小时以后我并没有醒来。我是个倒床就睡、天塌了也醒不了的人,更何况白天还折腾了那么多次。我只记得我被闹钟吵醒,蒙蒙胧胧看了看天气,然后蒙蒙胧胧地把灯关了,然后蒙蒙胧胧地把自己塞回了温暖的被窝。再次睁眼时外面天已大亮。

　　没有时间吃早饭,昨天用滴滴打车叫好的专车已经在山庄门口等我。我扯着嗓子在空旷的院子里叫了好久,才把睡眼惺忪的老板娘叫醒,交了钥匙要回了押金。那碗好吃得流泪的炸酱面收了 5 块钱。

　　怀柔车站还没开门,我背着大包拎着盼盼麦香鸡味块寻觅到一家刀削面馆,女主人在店里端坐打瞌睡。我和一个戴着安全帽的工人一起进去,他要了一份大碗的削面,我要了一份小碗的。牛肉应该是从冰箱里拿出来的,咬开里面还是冷的。但味道居然很不错,我吸溜着吃完了。

　　怀柔到北京和北京到上海的车次中间夹了一小时,好在北京北站到北京南站有地铁直达。虽然背着大包辗转颇为劳累,但还是顺利坐上回上海的火车,并且有时间在火车站里的稻香村里装了满满一盒子点心。

  我最终在回沪的火车上吃掉了那包从兴隆就跟着我,陪我到密云、怀柔,然后回北京,最后和我一起登上回沪高铁的盼盼麦香鸡味块。下车以后我在火车站里吃了一份麻辣香锅和一杯快乐柠檬。吃了喝了这么多饱含添加剂的食品饮料,我才凝重地意识到,我是回到城里了。

  链接:http://www.bjp.org.cn/col/col5;http://www.xinglong-naoc.org/html/index.html;http://moon.bao.ac.cn/;http://sun.bao.ac.cn/。

第三章

徐家汇与佘山
——上海近代气象天文小史一览

第三章
徐家汇与佘山——上海近代气象天文小史一览

▶▶▶ 徐家汇与徐家汇观象台

徐家汇

徐家汇于我的意义,大约就等于上海。如果用一个地方代表上海,在我心里并非是明信片风光片中高楼栉比的外滩陆家嘴、南京路淮海路,而是徐家汇。它在我心中最贴近真实的上海,被南国淫雨浸黑砖墙的老洋房里飘来民家的烟火,以及时空交叠的记忆,除了法租界上种种,还有天主堂、藏书楼、圣母院……

这里是虹桥路的终点,肇嘉浜路和衡山路的起点,漕溪北路与华山路也在此相交,内环高架与延安高架呈包围之势。周围矗立着港汇大楼、东方商厦、太平洋百货、上海六百、美罗城,占尽天时地利,是沪上数一数二的商业区。站在这里,你若稍稍扭头看向西南方向,便觉那里略显安宁,葱茏的翠色与灰红的砖瓦迥异于徐家汇的喧嚣。

你忍不住被那份深深的静谧吸引,沿着漕溪北路向南走,路过灰色的藏书楼,红色的天主堂,到南丹路路口,驻足向右望,就能看见远处高楼顶上一枚雪白的球。那是上海天文台。好友 Karlan 曾在那里读硕士,去美国之前我去天文台找他玩,走在南丹东路上,老远看到大球的时候,我跟 Karlan 说:"小时候不知道那是什么,只奇怪很多学校楼顶都有个球,还以为是个水塔什么的。"Karlan 说:"去北京国家天文台,并不记得地名,出了地铁凭记忆走,老远看见大球便是。大城市里的天文台,球里面其实并没有望远镜。"

大球对面就是徐光启公园,其实就是徐光启墓园。

好几个天文台的朋友说起,中午吃完饭就常常在里面散步,里面绿植参天,闹中取静。徐光启是徐家汇这个地名的来源。1633 年,上海出生长大的徐光启逝于北京,归葬上海,其子孙在墓地周围附近聚居,此地汇聚肇嘉浜、蒲汇塘、法华泾 3 条河,徐家汇因此而得名。

静听宇宙的声音
——走进中国天文台

徐光启墓前牌楼

徐光启墓前十字架

徐光启,这是我们在说到中国近代科学史时,无法回避的一个名字。上海人徐光启,历经嘉靖、万历、天启、崇祯,官至礼部尚书兼文渊阁大学士、内阁次辅,带领编纂了《崇祯历书》,致力于中国数学、天文、历法、水利等科学领域的发展,倡议西学东渐,引进西式火炮抵御后金,引种和推广番薯,并与意大利传教士利玛窦合作翻译了《几何原本》,其中一些重要术语一直沿用至今,譬如我们熟知的"几何"。

从公园门口进去,能看见徐光启墓前牌楼上规规矩矩地写着他的谥号和表彰的题额、对联,"文武元勋""熙朝元辅""王佐儒宗""治历明农百世师,经天纬地;出将入相一个臣,奋武揆文"。徐光启符合农耕民族对于"士大夫"和"别人家的儿子／女婿"的所有美好定义:官至尚书,辅佐了四朝天子,又廉政勤勉;广种番薯,抵御外侮;还编纂历书、发展水利——是教科书般的彪炳人物。牌楼上的溢美之词虽然乏味毫无文采,却也并不言过其实。站在牌楼前看,这是个再典型不过的感动中国好官员。

然而你朝北往墓园深处看去,就会看出一点不同,视线穿过中国古牌楼,穿过石马石人矗立的小径,目光

064

第三章
徐家汇与佘山——上海近代气象天文小史一览

尽头处是一座高大的十字架,牙白色被时光侵蚀,与周遭融为一体,在这满园再普通不过的中式墓园里,却并不违和。

徐光启是一名天主教徒。

早在元朝时就有在中国传教的天主教教士,至明朝更是有留名青史的利玛窦和汤若望等人,耶稣会的传教士在中国东南部的传教活动已形成片区。而徐光启正是在利玛窦和汤若望的时代——或者说是利玛窦和汤若望进入了徐光启的时代——接触到了天主教。

第一次接触到天主教的时候,徐光启还是教书的秀才。1596年在南下的路上结识了郭居敬神父,第一次知道了天主教,接触到了西方科学。1600年徐光启上京应试,认识了利玛窦,更进一步了解了天主教与科学知识。3年后,在南京,受洗于罗如望神父,取教名保禄。

对于很多不同心态的人来说,徐光启这样的中国士大夫受洗成为西方舶来的天主教教徒,似是尴尬。然而那是明朝,中国的科学技术尚在昏昧之中,千里之外的欧洲,近代自然科学的第一缕曙光已乍现。伽利略正将第一架望远镜对准夜空,开普勒正在发现行星运动的秘密。怀揣不同目的的传教士将两个截然不同的世界连接起来,而徐光启,则有幸先于中国大多数人,目睹了新世界在眼前的展开。如此,中国士大夫、科学家徐光启,成为一名虔诚的天主教徒,也并不能算历史的偶然。

徐光启墓前的这座十字架,建立于徐光启逝世300年后的晚清,基座正面有拉丁碑文,剩下三面由同样是天主教徒的教育家马相伯撰写的《徐文定公墓前十字记》镌刻于其上。巨大的墓冢外,老头正扎堆下象棋,正对着苏步青题写的"明徐光启墓"的石碑前,一群颜色鲜艳的阿姨正在跳舞。这种在墓碑前跳舞玩乐的景象似与国人忌讳相悖,却又并不很尴尬,徐家汇人民大约也是知道,自己是被这片土地上的老祖宗庇佑着的。曾经和一个上海男孩恋爱,我来到上海之后,他牵着我的手去城隍庙叩拜,这大约是类似的心境。

四下看去,右手边是碑廊,徐光启的字迹;左边是徐光启纪念馆。和热闹的墓园相比,徐光启纪念馆较为冷清。纪念馆其实是梅陇镇的明代建筑南春华堂,乃明代一位官员的宅邸,与徐光启本无关系,为抢救文物,2003年迁移至此,作为徐光启的纪念馆。

静听宇宙的声音
——走进中国天文台

马相伯手书碑文

　　影壁遮挡了日光，青苔在院中生长。纪念馆呈廊形，为首是徐世昌、孔祥熙、蒋中正的题词，以及柳亚子、蔡元培的纪念文章。民国时期国民政府对徐光启多有表彰，徐光启逝世300周年的时候（1933年），上海市举办了纪念仪式。馆内还藏有徐光启请命演练西洋火炮的奏折和崇祯的圣旨。徐光启晚年，先后遭遇努尔哈赤犯边和皇太极进逼，他几乎一刻不停歇地钻研西洋火炮、演练士兵，希冀可以用一种历史抵御另一种历史——听起来像一个悲伤的穿越小说：手握先进科学的未来之人想要篡改历史。他建立了当时最精锐的火器营，留下了数卷兵家著作，最终没有来得及看到他倾尽心血保卫的故国落入他人之手，曾邀他平台议事抵抗皇太极的崇祯皇帝，后来吊死煤山，"君王死社稷"，不知是幸与不幸。

　　馆内所藏书籍大多是善本，基本概括了徐光启在农政、军事、科学等领域的贡献。有关农业的有《农政全书》《甘薯疏》等；有关军事的有《徐氏庖言》《神器谱》《兵机要诀》《选练条格》《海防迂说》等；有关水利的有《泰西水法》；有关历法的有《崇祯历书》；有关数学的有《勾股义》《简平仪说》等，当然还有他与利玛窦合译的《几何原本》。另外，在徐光启等人的引荐下，利玛窦得以向当时的皇帝呈上《坤舆万国全图》——最早引进中国的世界全图，其上明确标明地球是圆的，并刻有经纬度、赤道、五带等。

第三章
徐家汇与佘山——上海近代气象天文小史一览

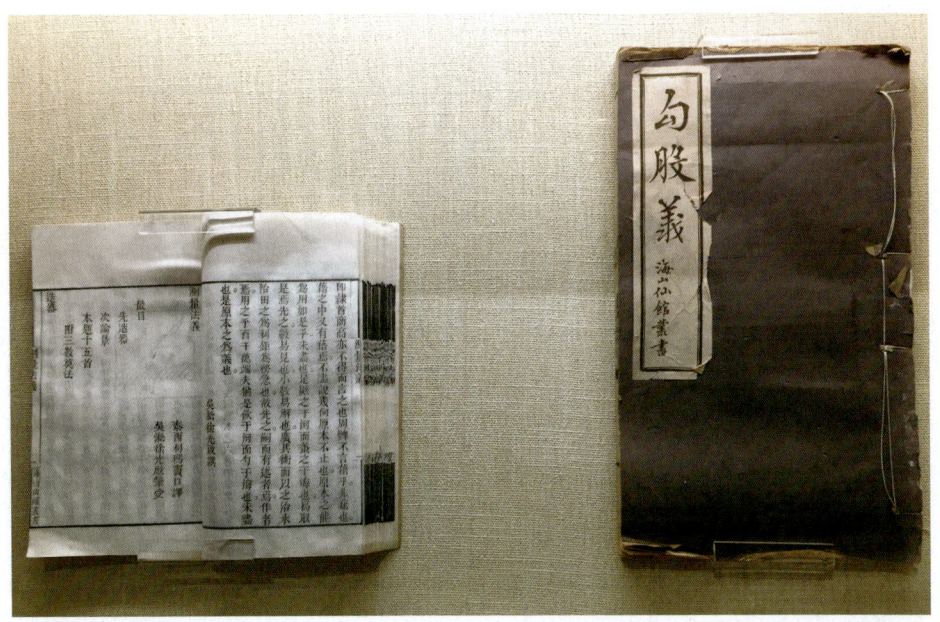

《勾股义》

馆内还有3位传教士的画像：南怀仁、汤若望和利玛窦。其中南怀仁与徐光启应当是没有什么交集的，南怀仁康熙年间才来华，徐光启去世的时候，南怀仁不过十岁。

与天主教相关的还有《辩学章疏》。万历年间，礼部尚书沈㴶奏参在华天主教传教士与白莲教有染，大批传教士被押解回澳门，徐光启上疏辩护："诸陪臣之学，真可以补益王化，左右儒术，救正佛法，裨益当朝……"

这位虔诚的天主教徒，中国的好官员，一生大约都像一个尽责的父母官，自然科学爱好者，愿意自掏腰包为军队购买西式火炮，在物质上却极尽俭朴，乃至"盖棺之日，囊无余资"。

在自然科学方面，他的代表成就，大约就是他带领编纂的《崇祯历书》和与利玛窦合译的《几何原本》。

《崇祯历书》是清代《西洋新历》的前身，影响深远。且不说颁行历法在古中国是多么重要的一件大事，而我则是感动于深受西方科学影响的徐光启，在其中系统介绍了当时西方的天文学、历法和三角学（包括平面三角和球面三角）。徐光启邀请了包括汤若望在内的多名传教士参与了历书的编撰。

静听宇宙的声音
——走进中国天文台

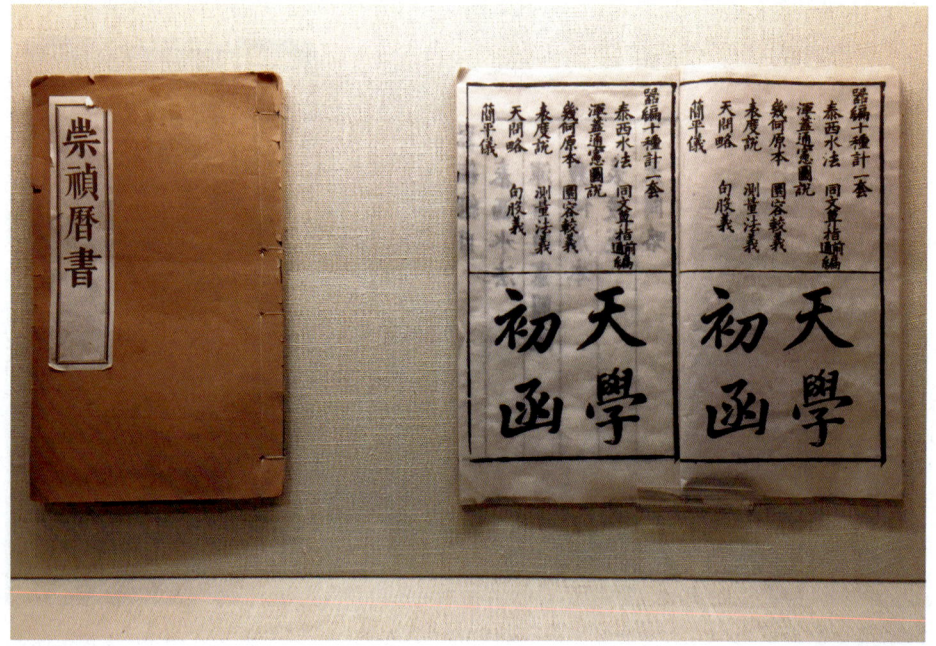

《崇祯历书》

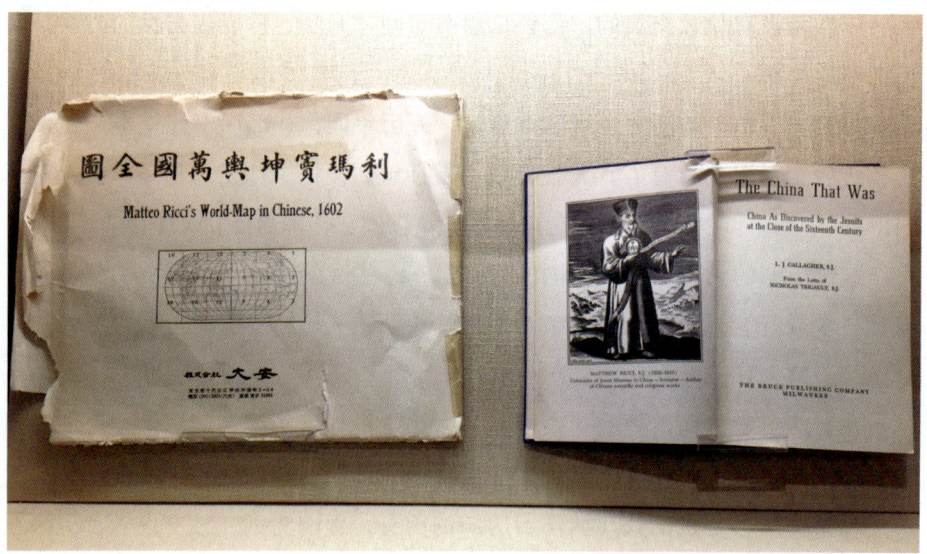

《利玛窦坤舆万国全图》

第三章
徐家汇与佘山——上海近代气象天文小史一览

至于《几何原本》，其对于欧洲的影响自不必说，被誉为流传仅次于《圣经》的著作，欧洲现代数学建立在这本书基础之上。这部创作于公元前，对欧洲数学史发展影响深远的数学书，到徐光启的时代传入中国。徐光启意识到他与《九章算术》的迥异体系，并做出"窃百年之后，必人人习之"的预言。

《几何原本》在中国自然没有像在欧洲那样广为传抄，正如利玛窦所言，这个国度的人民并不是很重视数学、医学。尴尬的地方在于，人们说起徐光启和《几何原本》，可说的往往就是"几何"一词的翻译和流传。徐光启的预言丝毫不爽，是《几何原本》的功劳吗？他有没有预见到，几百年后大洲不再隔绝，知识与文明不再单独发展，就算没有《几何原本》，大概也会有别的通道？《几何原本》的引进，为中国数学乃至世界的文明，到底发挥了多少影响？我不得而知。但是，每一种必然，都是无数个偶然拧成的绳；每一个事实，背后都有无数个指向同一个方位的可能性。而每一种偶然和可能性，在史书上也许只有几行字，但都是人用自己的生命创造的历史——《几何原本》是其中一个偶然，

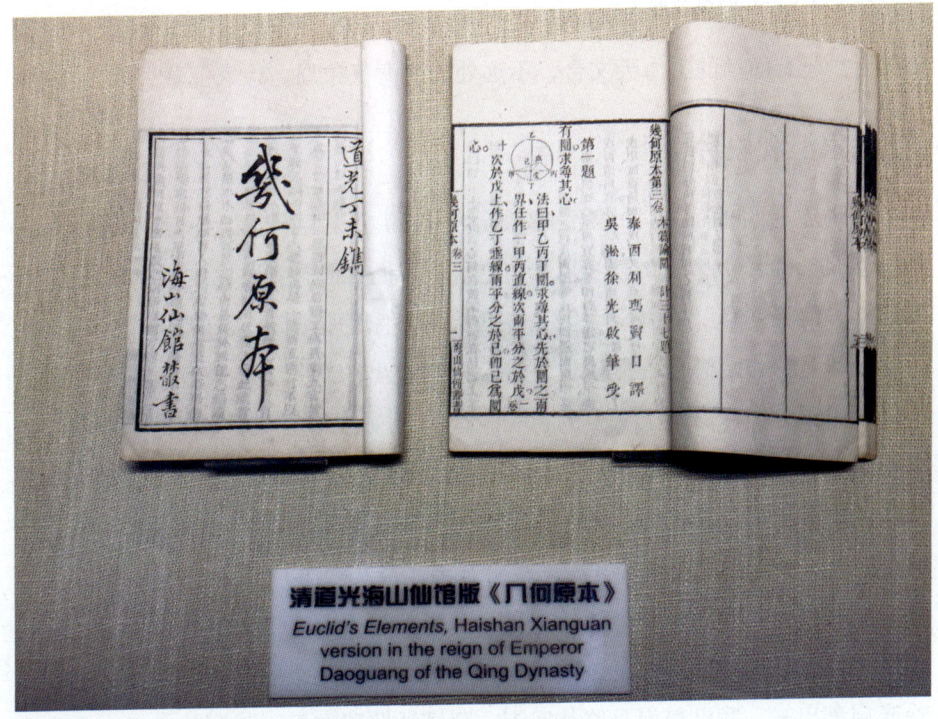

《几何原本》

静听宇宙的声音
——走进中国天文台

上海天文台（徐光启墓对面）

是其中一个可能性，是史书上的只言片语，却是一个人，把生命注入了时间。

从纪念堂转出来，如茵的草地上摆放着旧墓碑残件，上面刻着百年前的拉丁文。回头朝院外望去，马路对面静静矗立的是上海天文台。徐光启当然不可能是中国第一位天主教徒，却是实实在在影响最深远的一位。我时常想，因徐光启而最终发展成为现如今的徐家汇，很多建筑多多少少都与徐光启有联系，譬如一墙之隔的天主堂，光绪年间建成，当初选址在这里，是否因为徐光启是中国最早的天主教徒？还有面前的上海天文台，不远处的上海气象局，徐家汇藏书楼。

徐家汇观象台

江晓原曾经提起过徐家汇观象台与科幻小说巨擘儒勒·凡尔纳（Jules Verne）的一个小故事。儒勒·凡尔纳的科幻小说《征服者罗比尔》中有个情节，飞行器"信天翁号"的出现引发了各国天文学家的猜测，"只有一个天文台长对这个问题持肯定态度，尽管他对这个问题做出的解答会招致种种讽刺挖苦。那是个中国人，徐家汇天文台的台长。这个天文台设在一片宽广的平原上，离海不到十法里，视野开阔，空气澄净"。就是这里，徐家汇、肇嘉浜、蒲汇塘、法华泾三条河汇聚的平原。我站在上海气象局的楼顶俯瞰着徐家汇的时候，想起了儒勒·凡尔纳的这段描写——视野开阔，空气澄净。

能够去到气象局也是个偶然，我正念叨着想去上海气象博物馆看看，就认识了一位气象局的姑娘，就是做气象工作的，我们几个朋友遂都叫她云姬。从徐光启墓出来，我沿着南丹路往回走，到漕溪北路左拐，就到气象局，在气象

第三章
徐家汇与佘山——上海近代气象天文小史一览

在气象局俯瞰徐家汇观象台（现在的气象博物馆）

局楼下我见到云姬，她为我预约到了下午气象博物馆的参观。

中午我和云姬一起坐在美罗城地下的拉面馆里吃拉面。云姬是北新泾长大的上海小囡，本科在北大物理系就读，毕业后就回到上海，在气象局工作，做数据处理。云姬笑起来非常明媚，又有气象局走出来的知性气质。两个女生坐在一起吃拉面，聊气象，聊天文，聊编程，也聊去日本玩，好看的口红，好吃的冰淇淋——这也是徐家汇的恩典。

吃完饭时间尚早，博物馆还没开门，云姬便带我去气象局里坐了一会儿。气象局大楼符合我对气象局的所有想象，一体化预报与服务平台显示着上海地区的瞬时温度图，相对湿度和风。上海的近百个自动站点正发回实时的数据和图像。我不禁脑补云姬坐在计算机前，镜片反射出飞动的流云和翻滚的代码。

云姬带我爬到天台上小坐，有风呼啸，天际线正被春笋般生长的高楼侵蚀，凡尔纳笔下的"视野开阔"一去不复返。不变的风景是西面徐光启公园的绿盖，南边西藏大厦的金顶，以及近处天主堂的灰色十字架形状楼顶，还有更近处的

静听宇宙的声音
——走进中国天文台

气象局的自动站数据监控

气象博物馆的楼顶,与天主堂楼顶相似的灰。百年前它当然不叫气象博物馆,它叫徐家汇观象台。

下午时间一到,我们就去了博物馆,这是翻新的老楼,带着弹孔的旧墙被重新粉刷上色,恢复了庄重的红砖灰瓦风格,门前矗立着巨大的钢结构测风塔。100多年前它是被誉为远东第一台的徐家汇观象台,向一墙之隔的气象局交付了自己的历史使命之后,它现在是限时对外开放的博物馆。

徐家汇观象台,这所科学机构,最早由法国天主教耶稣会提出建议并最终建立,成立于19世纪末期、鸦片战争之后。这是天主教在徐家汇播撒下的又一粒科学的种子。宗教与科学有时候就是这么奇怪的关系,它们看似对立,拉锯经年累月,却在对方体内互相生长。一墙之隔的徐光启公园,并不是孤例。

这座法式老阁楼和周围老建筑一样,结构紧凑,文艺复兴时期风格。云姬说翻修前墙都是歪的,然而现在都已加固。我和云姬拾级而上,敲开厚重的大门,内里墙壁雪白耀眼,刚刚粉刷过,地上有巨大的罗盘图案。这是徐家汇观象台编制的台风气象电码,用32个方位表示台风位置,采用蒲福风级。随后我们在

第三章
徐家汇与佘山——上海近代气象天文小史一览

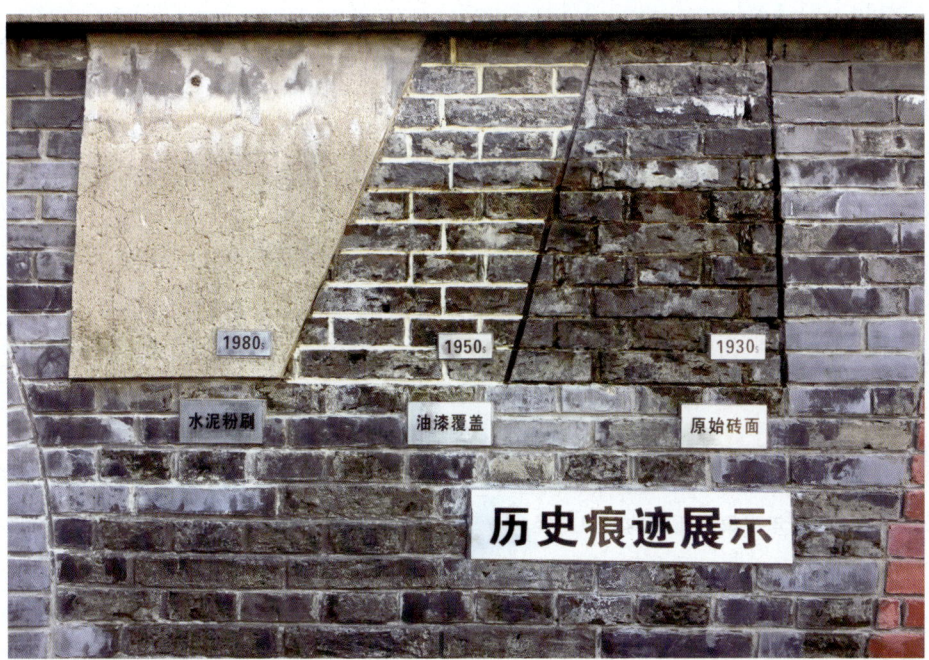

观象台墙体留下了一块当年的历史痕迹

展厅里看到了原件，法文，古旧的花体字。

走廊两侧挂着百年前的黑白老照片和一些观测工具的复刻品，以及观象台介绍、年谱等文字。走廊尽头，展室门口两侧摆放了两个巨大的黑色铁网编织成的几何形状物件。旧时这些巨大的几何形状就挂在外滩码头，以最简单的符号形式向往来船只预报天气。最大的展室里有一半空间的地面上是外滩码头的模型，高耸的是外滩气象信号塔。这座信号塔于130多年前开始每天悬挂风旗和风球，一直到1966年。

观象台正面（墙体经过加固和重修）

073

静听宇宙的声音
——走进中国天文台

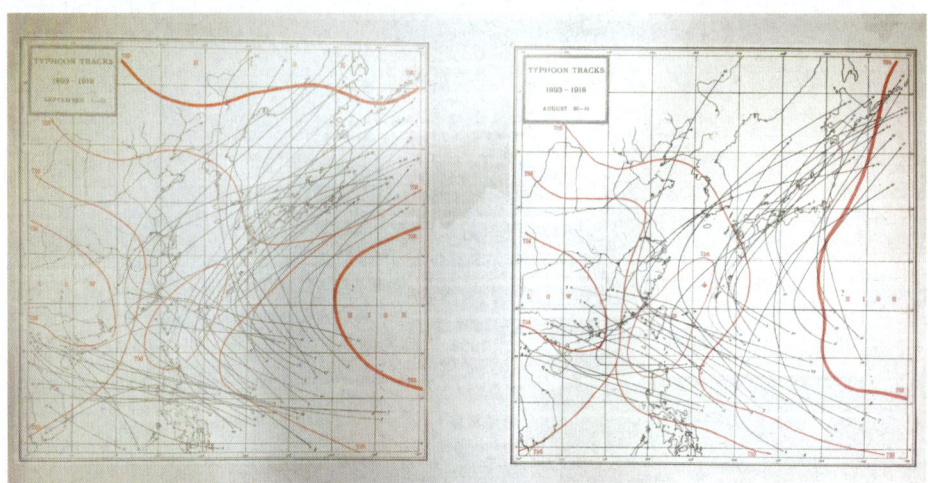

馆内展示的当年观象台所作的台风路径

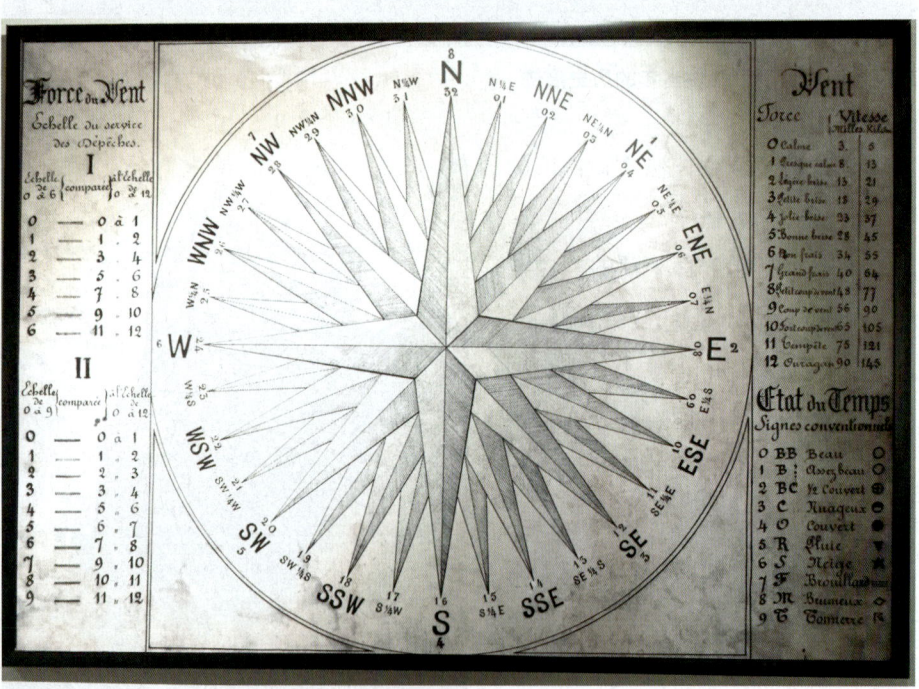

蒲福风力图

第三章
徐家汇与佘山——上海近代气象天文小史一览

外滩信号塔模型

它是当时外滩最高的建筑，至今仍然矗立在外滩，俯瞰脚下往来的世界游客。我曾无数次经过，印象中确有此塔，却从未留意。

起先我对这里的展品并没有抱很高期望，以为它和全世界的小博物馆一样，努力堆积少得可怜的展品，充斥大量翻拍的图片和百科介绍文字，一小时就能看个遍……但其实，徐家汇观象台这百年来没有一天间断过气象监测和数据搜集汇报，也仔细地收藏归置着大部分设备、仪器和刊物。大量的机械时代的测量仪器：法国的气压计、温度计，铜铸的小矮人举着温度表，即便放在今天仍旧不失魅力；瑞士的

1900年左右的法国制气压计/温度计

075

静听宇宙的声音
——走进中国天文台

自计气压计,我曾在现代的恒温实验室也见过类似的装置,原理相同;还有数不清的别的样式的气压计(有便携式与盒式等)、温度计、湿度计;另有八分仪、经纬仪、望远镜、指南针等天文、地磁观测用的设备,发报机、相机等专业器材。在一个晶莹剔透的100多年前的风暴瓶前站定,我忍不住对云姬说:"气象博物馆 definitely 可以卖周边产品,比如这个风暴瓶,还有劳积勋神父的台风图可作为挂画,一定很走俏。"

还有数不清的文字、图片。20世纪的法国传教士、近代的中国科学工作者留下了数不清的观测记录,精确到小数点后两位的降水、温度、湿度、气压等。还有详细的信号塔符号、各种天气符号标准、精致的手绘地图,小到徐家汇观测站布局,大到中国东部沿海地区和整个东南亚,上面围满了等温线和降水线,像时间泛起的涟漪。在100年前的地图、文件上,徐家汇保留着它上海话的读音,ZI-KA-WEI。

现在的上海话多少被白话影响,不再区分尖团。然而我们仍旧能够通过这

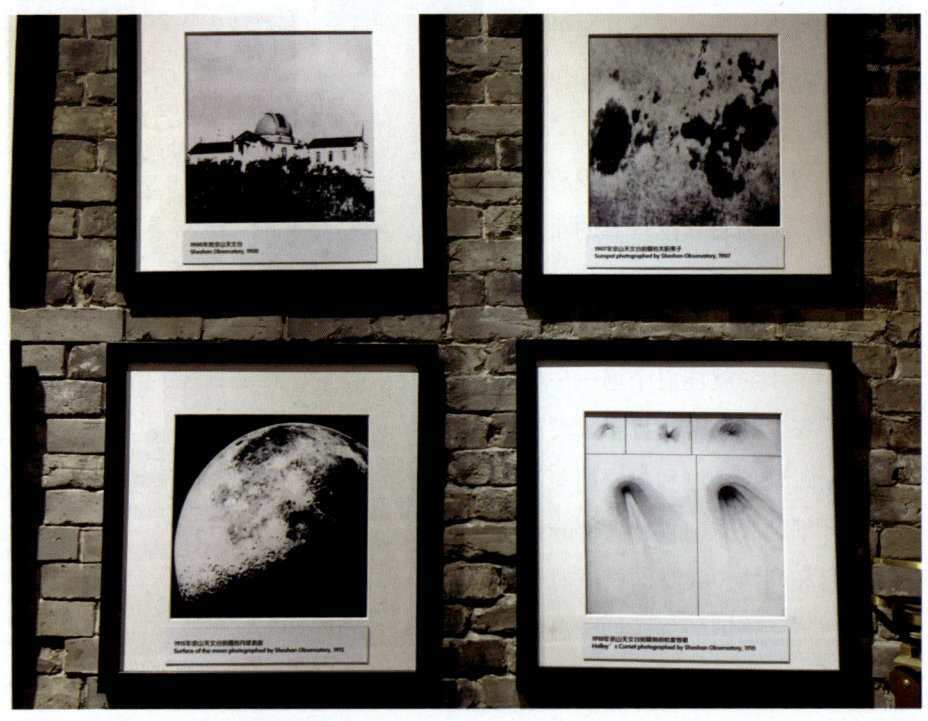

20世纪初观象台照片和观测照片

第三章
徐家汇与佘山——上海近代气象天文小史一览

个发音,一窥当时传教士们、工作者们、徐家汇的人们、路过此地的船员、世界上其他观测台的人们,他们念起所在的这个地方的名字时,舌尖轻轻抵上齿间,回荡在世界近代气象史上的独一无二的吴语。

ZI-KA-WEI。

另有各种手迹。比较好玩的有竺可桢写给时任徐家汇观象台菉葭浜验磁台台长神父马德赉的明信片,私下里觉得英文比中文好看;还有一份法语的工作时间表,记录了当时的工作人员从早晨6点到晚上10点的日常工作,笔者不才,粗略翻译了第一页,读者可一窥当年的气象观测工作:

6点,设备读数,取5点的数据;

7点10分,接受航用天气信息,为汉口和南京、北京的航线做预报;

7点45分,撰写前一天的概要;

8点15分,为西安府国军做预报,为西安府—汉口的航线做简报;

8点30分,检测旗语;

9点15分,完成旗语简报,以及昨天下午2点的图;

9点45分,以24 m和42 m两种波段发送简报,加上山东的预报,天津的意大利广播会采用,再抄送给港长,还有太古公司和天津日报;

10点10分,为航空服务制作天气图,为信号台制作预报;

10点30分,根据不同情况观测;

10点45分,以英语和法语向Frelupt发送预报;

……

还有最后一任台长(代理)茅若虚写给法国驻沪总领事请求拨款的信件,那是在风雨飘摇的1944年,观象台几乎难以为继。这是很让人心酸的一封信件,虽然我得承认自

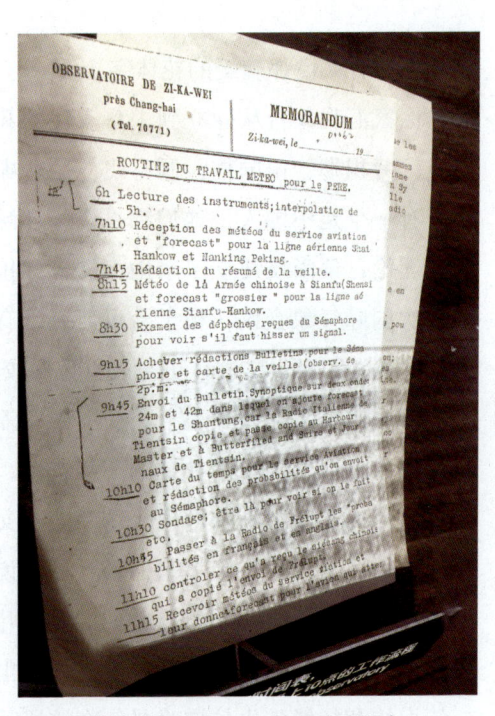

馆内所藏的当年天气日志记录(法语)

静听宇宙的声音
——走进中国天文台

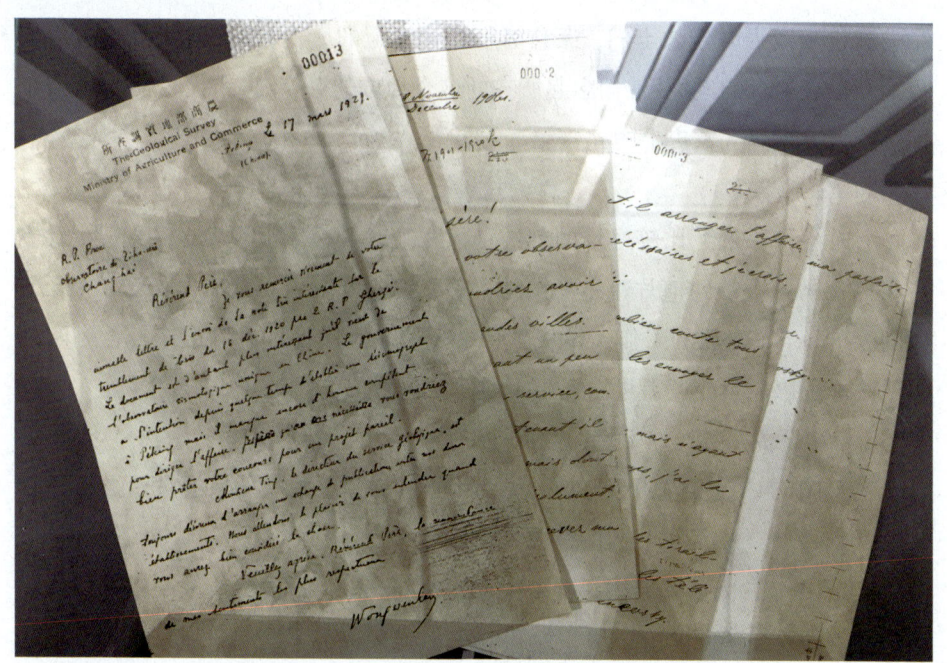

1944年徐家汇观象台经费短缺，台长茅若虚向法国驻总领事请求援助的信件

己并不能看太懂那蜿蜒的花体字。

徐家汇观象台从建立到中华人民共和国成立，一共六任台长，能恩斯、蔡尚质、劳积勋、田国柱、雁月飞、茅若虚——这些有着儒雅中文名的台长，其实没有一个是中国人，他们都是法国耶稣会的传教士。其中能恩斯创立了台风研究理论；蔡尚质建立了佘山天文台并担任台长；劳积勋神父曾代表徐台参与了多次国际气象会议，精于台风研究，有"台风神父"之誉；雁月飞除了法国科学院院士的身份之外，更兼震旦大学校长。

杨绛的《走到人生边上》一书中有篇《劳神父》的文章，讲的就是她与徐家汇观象台台长劳积勋神父的忘年友谊。"我又卖弄我自己学到的一点点天文知识，什么北斗星有八颗星等等，劳神父笑说：'我欢迎你到我的天文台来，让你看一晚星星！'接下来他轻吁一声说：'你知道吗？我差一点儿死了。我不久就要回国，不回来了。'他回国是落叶归根的意思吧。他轻轻抱抱我说：'不要忘记劳神父。'我心里很难受，说不出话，只使劲点头。"看到这一段我的心情大约和杨绛先生一样难受。在这段话发生的同一年，"台风神父"劳积勋就离开了他工作了30年的徐家汇天文台，回到了故乡法国，3年后病逝。

2012年是徐家汇观象台成立140周年，这140年间，徐家汇观象台的天气数据监测，无一日中断。世界气象组织给予"世纪气候站"的认可。

为什么是徐家汇？这座博物馆其中一个展厅的角落里放了这样一块介绍牌。"当时的徐家汇是江南著名的宗教文化中心，观象台建在传教士住所附近，地势平坦，四周无障碍物，有利于观测工作，加之徐家汇紧临肇嘉浜与蒲汇塘这两条河，航运船只可以方便地抵达黄浦江。鉴于此，传教士们选择在徐家汇开始气象、地磁等要素的观测。"

300年前天主教在中国大地播撒的科学的种子，经徐光启之手，在徐家汇生根发芽，长成郁郁苍苍的大树。徐家汇这个名字，为中国东部沿海防范台风、强降水等灾害，东南亚的船舶航行，乃至世界航运、航空，都立下赫赫战功，在世界近代气象史上熠熠生辉。啊，徐家汇！上海！我不知道别人念起你的名字时作何想，但在我心里，你的名字——ZI-KA-WEI——从来不仅仅是十里洋场，纸醉金迷，不仅仅是王安忆笔下的旗袍，也不仅仅是歌女口中的夜上海。你在动荡与战火中仍旧保存并孕育了自然科学，使得文明的薪火在这片多灾多难的土地上得以传承。无论是谁，出于何种目的，他们倾尽心血，将一点一滴数据积累成奔腾流淌的河流，汇聚到人类文明的海洋中去。身后的上海气象局，瞬变的云图幻化成海量数据最后又演绎成知识，知识飘扬在港口，像灯塔指引起航的船舶——这些都来自他们。他们是法国传教士，他们是中国科学家，他们是百年前的观象台，他们是百年后的气象局、天文台，他们是徐家汇。

我们穿过寂静无人的藏书阁，又回到一楼，一楼已经有人声，在微信公众平台上预约了参观的观众已经聚集了一批在外滩信号塔的模型前，听讲解员讲100年前的风雨。我和云姬告别值班老师，又一次回到了阳光明媚的室外，楼前草坪上除了10 m风杆，还矗立着几个其他的大气监测仪器，一只黄猫穿过旁边的水杉，倏忽跳上了隔壁民居的院墙。

江晓原认为，徐家汇天文台能出现在儒勒·凡尔纳的小说中，已说明了19世纪它在国际上享有不小声誉。当然儒勒·凡尔纳也犯了两个错误。一是如我前面所说，徐家汇观象台在中华人民共和国成立前历经六任台长，他们无一不是法国传教士，并没有中国人；二是徐家汇观象台最早以气象观测为主，其余只有非常少量的天文观测、地磁观测和经度测定等内容，直到 1900 年，徐家汇观象台第二任台长蔡尚质，才在距离徐家汇 20 多千米外的佘山山顶建立了天文台。现在人们有时候说徐家汇天文台，多是把二者来历弄混所致。

天马山 VLBI 射电镜与佘山天文馆

天马山 VLBI 射电镜

上海早春天气难得好，好起来就让人一秒钟都不想浪费。于是我穿了绿色薄外套，戴上我的棕色毛毡小礼帽，一早乘九号线向西。地铁在松江钻出地面，上海郊外的青葱颜色就扑入眼里，地铁沿线被新起的楼盘簇拥，一位太婆坐在我身边，感慨道："现在全是新房子，老早佘山是乡下头呀。"

"乡下头"佘山就在手边，被一片孟春的绿意掩盖。上海之所以叫上海是因为它在长江入海口，是冲积平原，数千万年长江的流淌冲积形成了沃野千里的三角洲，一马平川，山陵绝少，而佘山这座 100 m 海拔的小丘，则有幸成为上海第一高峰，如今也是上海人周末郊游的去处。

我在地铁站边等到上海天文台的汤版，汤版开车捎上我，擦佘山而过，遥遥可见山顶的天主堂和望远镜球顶，车继续往西，片刻到了 6 km 外的天马山，那里坐落着中国 4 台 VLBI 网络成员之一——天马望远镜。

中国的 VLBI（Very Long Baseline Interferometry）网络叫作 CVN（Chinese VLBI Network），由分布在国内东南西北 4 台大型射电望远镜组成干涉测量系统，这种技术用多个望远镜同时观测一个天体，模拟一个大小相当于望远镜之间最大间隔距离的巨型望远镜的观测效果。中国的 4 台 VLBI 望远镜分别位于北京密云（50 m）、乌鲁木齐南山（26 m）[①]、昆明抚仙湖（40 m）和上海天马山（65 m）。

此前我已瞻仰过密云 50 m 和南山 26 m 的雄姿，看到天马山的 65 m 望远镜，还是微微一惊，它是全反射面的，所以看起来比密云的和南山的都"结实"很多。早晨控制室还没有开门，我和汤版没能进去，就站在大镜子底下仰着头眯

---

① 原来是 25 m，后来增加了 1 m，除了底座保留，其余部分全部置换。

天马山望远镜

着眼睛看大镜子傻笑。我很少有机会不需要长途跋涉就能近距离看射电望远镜，此刻感觉很奇妙。

"你知道吗？"汤版说，"还没造好的时候我们爬上去过，从后面，前面有梯子。"他指指大镜子，接着说："我的腿都软了，上面风可大了。后来客人来这里，总有人问我，咱上去看看？"

和南山的 26 m 一样，天马望远镜也不仅仅参与中国的 VLBI 网络，为嫦娥号测轨，同时也参与了国际上 VLBI 网络的合作：欧洲 EVN 和亚洲 VLBI 及美国 GBT（绿岸射电镜）。眼前这面镜子 2014 年开始正式观测，比它更早的其实还有 1987 年在佘山建立的 25 m 射电镜，也承担了之前大量重要的观测任务，随后被眼前的这座天马望远镜取代。

佘山天文馆

我们又驱车回去，沿路尽是当地农民种的桃树，汤版说再过几个月桃花开成林，特别漂亮，很多人来拍桃花里的射电镜。随后沿山路开上山顶，不过

静听宇宙的声音
——走进中国天文台

佘山天主堂

5分钟，转弯开阔处就是佘山天文台和佘山天主堂。佘山天文台因是传教士所建，和天主堂一样，俯瞰也是十字架形。科学与宗教，一道简单的栅栏相隔。117年前，来自法国的天主教传教士亲手建立起了佘山天文台。高登费舍写过一本书叫作 *Marriage and Divorce of Astronomy and Astrology*（《占星与天文的分与合》），他用了"marriage and divorce"来形容二者关系。然而叫我看来，科学本就脱胎于巫术与宗教，而科学本身又孕育了哲学与宗教。

今天是周一，又是清晨，游客鲜少，我跟着汤版绕到后门办公处，我站在楼梯口欣赏院后一株花开得有如一簇簇火焰的茶树。这棵树有100多岁了，汤版一边开门一边对我说。我一听吓得赶紧把准备凑上去摸一摸的手缩了回来，怕把它摸坏了。汤版笑我少见多怪。后来发现，这里百年老树随处可见，想想也并不奇怪，这本就是一座百年前建立的天文台。绕到门口，也有百年的桂树，树下是国际经度联测纪念碑，徐家汇观象台参与的3次国际经度联测中，佘山也扮演了重要角色，其中帕兰子午仪正藏于佘山天文台博物馆中。

不仅仅是因为徐家汇观象台主要从事气象研究，没有什么正式的天文工

第三章
徐家汇与佘山——上海近代气象天文小史一览

佘山天文台内百年茶树

作，也更因徐家汇土质过于松软，不能达到装置望远镜的要求，1900年蔡尚质将徐家汇观象台的天文部门迁至25 km外的佘山。

佘山天文台的第一台设备，是一台产自巴黎的40 cm口径折射望远镜，采用赤道仪装置。这台望远镜和天文台圆顶一道，由蔡神父从巴黎带到上海，1899年安置、1900年建成于佘山天文台。望远镜如今就在老楼的圆顶内，空置已久，落满灰尘，但依旧可以想象当年"远东第一"的雄姿。设备刚一安装，蔡尚质及其助手们就做了大量的观测工作，因为佘山观测

国际经度联调纪念碑

083

静听宇宙的声音
——走进中国天文台

条件并不非常理想——晴天数只有 100 天左右，这一点苏浙沪的天文爱好者看到应该会心一笑；另外佘山周遭当时是稻田，湿气弥漫，条件还不如徐家汇——因而蔡尚质昼夜一起利用，在白天做大量太阳观测工作，在他任上 25 年间，拍摄日面照片 12 000 余张，描绘日影图 7000 余幅，恒星摄影在晴夜从未间断，照片 3000 多张。

这种现在看来非常过时的观测手段，在当年却是驽马十驾功在不舍，为太阳形态在几十年的比较提供了珍贵材料，蔡尚质关于太阳的观测报告已能在国际上崭露头角。使其成名的还有在葛式与卫尔甘两位同事协助下完成的《赤道带照相星表》，载有 14 368 颗星，工作繁杂，非常人毅力所能完成。老楼内有存放蔡尚质的工作照片，站在黑白老照片面前，你会觉得这是一位博学的传教士，但其实蔡尚质只是中学毕业。

台里至今保存着大量当年拍摄的太阳黑子底片，还有 1910 年哈雷彗星造访地球时留下的珍贵影像，都在圆顶内有展示。早晨没有游人，我得以在阳光透过高高窗户洒进来照亮灰尘的圆顶内踩着松垮的木质地板踱步。巨大的 40 cm

佘山天文台 40 cm 双筒望远镜

第三章
徐家汇与佘山——上海近代气象天文小史一览

折射望远镜在圆顶正中央，7 m 的焦距让它像一把利剑，插在日光穿透的时空里。皮质座椅上仿佛有人坐在上面，透过目镜观看。时隔 76 年，1985 年年底至 1986 年年初，哈雷彗星再次造访时，已时过境迁。时任上海市市长的江泽民与夫人来此参观，用的就是这台镜子观看的哈雷彗星。上海台建台 140 周年的时候，也就是 2012 年，上海天文台前任台长赵君亮在一篇纪念文章中回忆了当时的场景：

"江市长一行在佘山的主要活动内容是，利用我台 85 岁'高龄'的 40 cm 双筒望远镜（这架望远镜曾于 1910 年哈雷彗星前一次回归时拍得彗星的高质量照片），观看 76 年一遇的哈雷彗星。记得江市长第一个坐上望远镜观测椅，在万籁先生的引导下兴致勃勃地观看这个著名的罕见天体，而我则在一旁相助。鉴于那次回归时哈雷彗星是在远离地球的地方度过了它的辉煌期，而接近地球之际彗尾已变得毫不出众，看上去外形犹如一团'棉花'，形象实在令人难以恭维（已故老台长李珩先生曾语：1910 年哈雷彗星回归时，彗尾之长一度竟横跨半个天空，极为壮观）。尽管如此，江市长还是饶有兴致地观看了好一会儿，且边看边问。"

说起来，如果说谁能见证中国近代天文史，恐怕只有哈雷彗星，1910 年的哈雷彗星点燃了佘山、紫金山两座天文台的星星之火；1986 年哈雷彗星再次归来，见到它曾燃起的一辈年轻人的热情，已呈燎原之势，蔓延成中国现代天文。当年的年轻人有的已经老去，有的名贯天文界。他们把知识传给年轻人，和哈雷的回归一样，一代又一代，周而复始。

老楼内展品不多，不如徐家汇观象台，大部分是观测设备和计算测量仪器，大的有帕兰子午仪、阿斯卡尼亚中星仪、费农天文钟、Leroy 天文钟，小的有一些蛋筒望远镜和木制脚架，还有高斯对数表、计算尺、旋转计数尺、闪视比较仪等。中华人民共和国成立前的很多法国和中国工作人员，多精于数学计算。佘山天文台历任四任台长分别是能恩斯、葛式、雁月飞和卫尔甘。其中设立于昆山菉葭浜的地磁台随后迁至佘山，台长是马德赉（Josephus de Moidrey）。和徐家汇观象台一样，他们都是法国传教士。

在抗战前他们大多数做着日复一日的观测工作，抗战后日军切断了往来徐家汇与佘山的通信，佘山一度成为战场，工作人员将资料大部分运往徐家汇，传教士们在佘山开始了最传统的救死扶伤工作。这段历史夹杂着战争和新旧交替的政局。生于太平年代的人，大概难以想象当时的境况——在乱世中守着一

静听宇宙的声音
——走进中国天文台

方科学的土壤，文明在野蛮中苦苦前行。不过，以今天的人的眼光来看，当今太平之世，在这里工作无疑是虽然清苦但又很舒服的一件事——这里是避世的佳处。我坐在外面老树下的凳子上晒太阳，春日暖阳舒服得不像话，抬眼就是绿色的郊野和上海的地平线。台里的老树很多都开了花，枇杷结了毛茸茸的果子。汤版在二楼摆弄他的摄星镜，打算晚上月升时拍几张。中午吃饭的时候我和汤版开玩笑说："应该在这里读个研究生，把图书馆的老资料整理整理。每天坐地铁到佘山下，笃悠悠荡漾漾地走上山，茶花就在窗口开着，抬眼都是翠色，桃源一样的生活，想想都奢侈……"佘山站的地点，弊处在于显然无法进行对大气条件要求较高的观测，但好处在于离市区不是太远又不是太近，有着便利的交通的同时又享受着静谧的郊野生活。

下午汤版忙完事情，带我去了图书馆。穿过狭长的走廊，门外旖旎日光被隔绝在外，空气愈发阴冷，我起了一身鸡皮疙瘩。书，全是书，老旧的过刊、工具书，中华人民共和国成立前的法语书和中华人民共和国成立后的俄语书，

两个望远镜的穹顶（左侧是现代的，右侧的建于20世纪30年代）

第三章
徐家汇与佘山——上海近代气象天文小史一览

空气中弥漫着灰尘的味道，这里好像位于时间的一处死角，时间在这里停止流动，只因没有人来此搅动它们。佘山的名字以 ZO-SE 的发音刻印在百年前的论文集上，和 ZI-KA-WEI 一样，悠悠有回响。

佘山天文台自成立至抗战前，刊布的年刊甚多，1930年蔡尚质去世后便逐渐减少。抗战爆发，观测工作更是完全停顿，中华人民共和国成立后有华北来的葛兴道神父驻进佘山，观测重又恢复。黑黢黢的图书馆里，蔡尚质的油画像挂在墙上，已经略显斑驳。我忍不住想，这个只有中学文化的法国传教士，是被什么驱使，把自己人生的后半段奉献给了距离家乡万里之外的一个陌生的地方，像做其他任何琐碎无趣的小事一样，每天日夜观测、记录，至死方休？仅仅是心中信仰的召唤，能够让他日复一日、年复一年？而奉献了大半生的又何止是他一个人。徐家汇与佘山，正是有幸拥有了这样一群焚膏继晷的工作者，得以被贯注生命和精神。我无从知晓他们心中所想、所能做的，只是站在十字架形状的老楼前，向西面彩窗的天主教堂脱帽致意，你把他们带来，我心中充满感激。

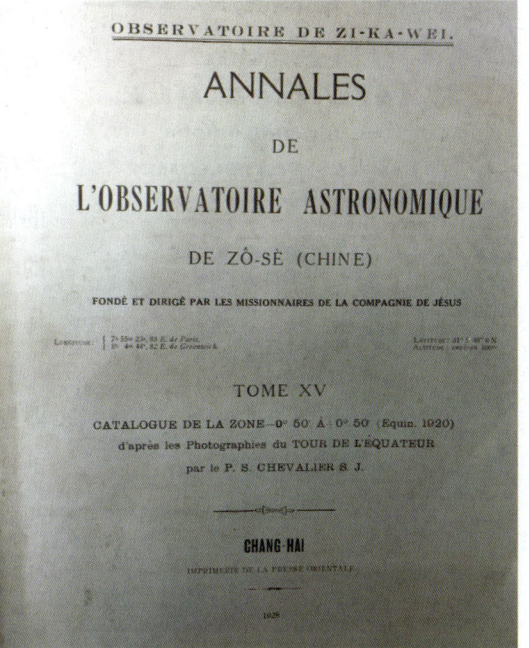

馆内所藏佘山天文年志（法文）

要感谢的还有一个人，就在我身后，萋萋的草丛里。如果不是汤版指点，我根本不会注意，那里藏着一块石碑，那是李珩的墓。上海天文台第一任台长李珩先生，和张钰哲一样，去世后把自己留在了青山。

第一次知道李珩的名字是看弗拉马利翁的《大众天文学》，中文版由李珩翻译。后来看到他女儿写的回忆父亲的文章，写父亲李珩在中华人民共和国成立之际携全家从美国回到中国，负责徐家汇观象台和佘山天文台，赤子之心，可见一斑。

静听宇宙的声音
——走进中国天文台

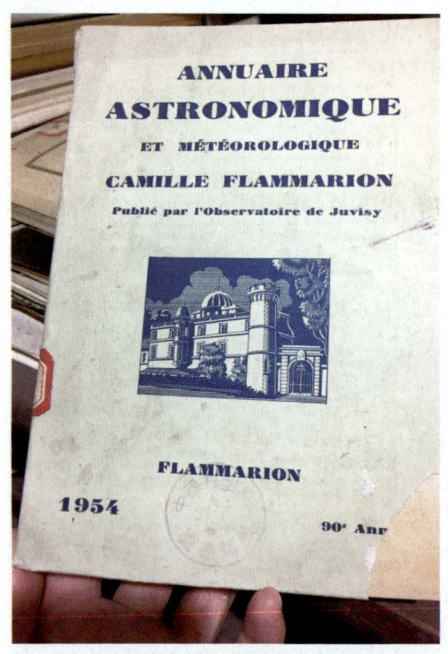

弗拉马利翁的《大众天文学》（法文版）

赤子之心是指初生婴儿一样的心地。看李珩先生的文章总能感觉出这一点，一个科学工作者单纯直率的眼光。李珩先生在《佘山天文台过去的历史和未来的展望》结尾写道："佘山天文台过去的一大缺点，在于不训练继起人才。历任台长虽各有所长，可惜抱个人英雄主义，其所用的助理人员均择自中小学毕业生，而从不聘请大学毕业之人。只叫助理人做机械式的工作，使知其法而不明其理，己为头脑而别人作手足，故脑坏即手足不能动。我们接管以后应力矫此弊，招收大学天文、物理两系同事合作之，更望其能作独立的探讨，也许表现优良成绩的人才，在将来的一代。如此50年后的佘山，当必须有发扬光大，不致陷于如过去之50年，一线曙光之后，便日渐暗淡，以至趋于熄灭的惨境。"

李珩先生在文章中对各位神父的贡献毫不掩饰自己的敬佩和欣赏，对他们的局限也并不讳言。而中华人民共和国成立后的佘山天文台，也确如李珩先生所言，力矫中华人民共和国成立前的弊端，真正开始了现代化的历程。ZO-SE的名字变成了佘山，除了天马望远镜，还建立了60 cm口径卫星激光测距望远镜，1.56 m口径光学望远镜和25 m射电望远镜等。历史轰隆而过，佘山天文台翻开了新的篇章。

李珩的墓（一）

第三章
徐家汇与佘山——上海近代气象天文小史一览

李珩的墓（二）

> ## 🔗 链接
>
> ### ▶ 徐光启
>
> 徐光启（1562—1633年），字子先，号玄扈，天主教圣名保禄（拉丁语：Paulus），谥文定。南直隶松江府上海县人，中国明代末年儒学、西学、天学、数学、水利、农学、军事学等领域学者，科学家、思想家、政治家、军事家，天主教教友领袖和护教士，于崇祯朝官至礼部尚书兼文渊阁大学士、内阁次辅，任上病逝于北京。
>
> 徐光启是中西文化交流和中国近代科学技术事业的先驱之一。在明末天下危亡之际，他忧国爱民、清廉勤政，倾心竭力以实学救国利民，西学东渐，引进西式火器和发展明军炮兵抵御后金，引种和推广番薯、良种水

089

静听宇宙的声音
——走进中国天文台

稻等高产抗逆作物等的过程中起了关键作用。

徐光启最著名的事迹之一是他与利玛窦合作汉译欧几里得《几何原本》前6卷，其中译定的一些重要术语沿用至今。此外，他亲自或组织他人与来华天主教传教士合作编译了其他一系列汉文西书。徐光启是百科全书式的人物，其尽晚年心血的主要工作是编纂集中国古代农学之大成的《农政全书》和系统介绍西方古典天文学（主要是第谷体系）理论和方法的《崇祯历书》等百科全书式丛书巨著。徐光启还著有军事文集《徐氏庖言》和数量可观的天主教传道护教文章。徐光启病逝后，李之藻辑大量徐光启译著等成丛书《天学初函》刊行。

在西学方面启蒙于郭居静、受教于主要合作者利玛窦，徐光启深感中国传统学术于逻辑的严重欠缺和中国数学的停滞落后，因而高度重视演绎推理，以数学为着力点，倡导数学的研习、普及和应用；同时，他以理论指导实践，长期身体力行地进行天文、水利、农业等方面的科学实验和测量及天文望远镜、西式火炮等的制造，归纳总结实践经验。徐光启生活在16世纪末、17世纪初，与培根、伽利略、笛卡儿等西欧学术名家同时代且并驾齐驱，在一些方面或有过之而无不及。在对待西学和西方文明的态度问题上，远早于且不同于清末魏源"师夷长技以制夷"、冯桂芬"中体西用"等思想，徐光启不仅试图组织人才队伍在道理和技艺各层面虚心学习和利用西方优秀文明成果（"博求道艺之士，虚心扬榷，令彼三千年增修渐进之业，我岁月间拱受其成"），还提出了逐步而全面地理解、融汇并超越（"欲求超胜，必须会通；会通之前，先须翻译"）的发展路线。

资料来源：https://zh.wikipedia.org/zh-hans/%E5%BE%90%E5%85%89%E5%90%AF。

徐家汇观象台

徐家汇观象台，又名徐家汇天文台，简称徐台，是位于上海市徐汇区蒲西路166号的一座气象台。观象台成立于1872年，为上海乃至中国最古老的气象观测站，号称"远东气象第一台"。该台是上海中心气象台和上海天文台的前身，也是一座兼具天文、地磁等观测功能的综合观测站，在中国气象史上有着举足轻重的地位。目前，徐家汇观象台被列为上海市文物保护单位，也因其连续不间断的观察而被授予"世纪气候站"的称号。

资料来源：https://zh.wikipedia.org/zh-hans/%E5%BE%90%E5%AE%B6%E6%B1%87%E8%A7%82%E8%B1%A1%E5%8F%B0。

▶ 佘山天文台

佘山天文台，又名佘山观象台、中国科学院上海天文台佘山工作站，是一座始建于光绪二十五年（1899年）的一座天文台。该天文台由法国耶稣会司铎蔡尚质募款修建，并于光绪二十七年（1901年）安装了自法国订购的双筒折射望远镜和天文台的铁质圆顶。建成后，佘山天文台以星象和太阳黑子观测为主要工作，期间还曾经参与过地震等方面的科学研究。抗日战争时期，该天文台的经费受到影响并一度陷入瘫痪。中华人民共和国成立后，该天文台被中国科学院接管并重新投入科研工作，直至1987年在周边新的射电望远镜和天文观象台建造完成后正式面向游客开放。佘山天文台于2002年和2013年先后被公布为上海市文物保护单位和全国重点文物保护单位。

资料来源：https://zh.wikipedia.org/wiki/%E4%BD%98%E5%B1%B1%E5%A4%A9%E6%96%87%E5%8F%B0。

▶ 徐家汇气象博物馆

地处上海徐家汇繁华的闹市，紧邻徐家汇天主教堂，在一片摩天大厦的环伺中，一栋三层砖木结构的小楼静静地立于水泥森林之中，这就是徐家汇气象博物馆。

整个气象博物馆占据了观象台二楼到三楼一层半的空间。二楼一共8个展厅。进入1厅（也是序厅），43个铭牌赫然映入眼帘，展现了徐家汇观象台140年来具有铭记意义的大事记：1872年，法国传教士高龙鞶在徐家汇创建了观象台；1879年，观象台首次较准确地做出台风预报，揭开了天气预报的序幕；1882年，观象台在中、西文报纸上发布天气预报……2厅悬挂着3张徐家汇观象台发展至今的鸟瞰图；4厅展现了徐家汇观象台从选址到建筑的原因和风格；5厅主要向我们呈现了外滩信号塔的建筑外貌及其服务功能等。在最大的8号展厅里，东侧的窗户边上挂着3张照片，分别是1901年、1954年及2012年的徐家汇气象观测场的照片。楼下正是徐家汇观象台的气象观测场，百叶箱、地温表等，一系列气象观测仪器安置在场地上，如今依然在运转中。

这样的有意设置，有一种"穿越"时空之感。同一片土地，不一样的观测站，照片让人们看到岁月在它脸上留下的记忆，它的变化，又给人们带来更加准确的天气冷暖变化、风雨雷电的预报。

资料来源：http://www.cma.gov.cn/whpd/qxyc/201506/t20150617_285446.html。

第四章

昔我往矣，1898
——青岛观象台

静听宇宙的声音
——走进中国天文台

▶▶▶ 观象山：观测太阳黑子

德国人在青岛留下许多印迹，啤酒、建筑、天主教、下水道的传说等，还有一座观象台，诞生于1898年。

我在纸上写下1898这4个数字时，我这纯文科生的脑子，率先想到的是马建忠。1898年，马建忠出版了《马氏文通》，这是严格意义上第一部汉语语法的系统性论著。马建忠是天主教徒，他的哥哥就是马相伯，复旦大学的创办人之一。

无论是马建忠还是《马氏文通》，还是马相伯，都和这篇文章毫无关系。如果说有关系，那也就是它们都发生在1898年，以及120年后，一位固执的文科生强行将它们连在了一起。

青岛地区旧称"胶澳"，现在的青岛市，是胶澳地理范围的一部分。胶指胶州湾，澳者，水边也，面朝渤海，背靠华北，是兵家重镇，也是重要港口。1891年清政府在此设防。1897年，德占胶州湾和周边地区；1898年，德国和清政府签下《胶澳租界条约》，青岛成为殖民地。1914年青岛又落入日本人之手，直到1924年才收复，定名"胶澳商埠"。

我们夜晚自沪飞抵青岛，大巴将我们丢在德式建筑林立的石板路街，仿佛投入另一段时间；我们走进便利店，对着各式德国啤酒大惊小怪；白天我们穿过卖海产和红黄樱桃的摊贩，他们腥臊活泼的门面背后是海岸线和高高的天主教堂；中午我们在路边热闹的小饭馆，就着热腾腾的大锅海鲜喝下"一厂"的青岛啤酒。与我居住过的大连和上海一样，青岛是一座留下了浓郁殖民地味道的城市——如伤口愈合后的瘢痕，青岛带着新旧之交的年代留下的奇异面貌。

我们几个小伙伴，在仲春的晨光里沿着观象山的小路慢慢往上走，去找寻观象台。观象山不高，可以说是很矮——海拔79 m。观象山原来是座不知名的小山头，1897年德占青岛，在西山头建了个水池子，将其命名为水道山。1898年在青岛城内馆陶路设以气象业务为主的皇家青岛观象台，1905年将其迁至此

第四章
昔我往矣，1898——青岛观象台

山，1911年建成石头大楼，水道山随之改名为观象山。

观象台，观的是气象，也是天象。20世纪初的天文与气象观测并不完全分离，事实上它们纠缠错节，循迹而上，总能追溯到同一座穹顶。我们轻易地在葱郁的北方乔木山林中寻得骨白色穹顶一座。观象台是德国人所建，穹顶却不是原有的建筑。青岛先后经历了德占和日占，观象台几易其名，1911年叫皇家青岛观象台，1914年日军占领青岛，更名为青岛测候所，1924年中国收回青岛，再次更名为胶澳商埠观象台，1931年建立了这座穹顶，购置大型天图式赤道仪，载有照相用和目视用双镜筒。1937—1945年日本人再次占领青岛，抗战胜利后交由军管会接管，1957年观象台一分为二，气象部分交由海军继续接管，天文、海洋、地磁地震等学科交给中国科学院。1978年由于历史原因被迫撤销建制，经过原台长孙寿甡先生历时15年的奔走呼吁，于1993年重新恢复建制，定名为中国科学院紫金山天文台青岛观象台。

我们绕着穹顶转了一圈，穹

青岛观象台和"穹庐观象"的牌匾

青岛观象台基石碑刻

095

静听宇宙的声音
——走进中国天文台

顶旁边有个小圆顶——小圆顶看起来是个青年旅社，建筑外保留着观象台的碑文和招牌，以及"穹庐观象"的牌匾。圆顶脚下的绿草中有"青岛观象台圆顶室基石"的碑刻，也许是为了保护穹顶，碑刻的署名已被凿去。

观象台助理工程师小孙是上海天文台的汤版介绍与我认识的，知道我们要来，小孙在休假期间仍旧上山来，带领我们参观观象台。小孙打开老旧木门，穹顶内是高高的天花板和古旧的木质楼梯扶手，中央逼仄，堆满了现代天文科普材料，我们拾级而上，得见百年前的赤道仪和"双筒"望远镜。老旧的望远镜上载有蒙满油垢和灰尘的电机，我用力擦了擦，卡尔蔡司的标志露了出来。赤道仪是法国泼林工厂所制——这个工厂我已在网络上搜索不到什么信息，然而卡尔蔡司的名字是熟悉的——我的猜测是当时的观象台并不能像紫金山天文台那样购置得起蔡司或肖特的望远镜，而这个名不见经传的泼林工厂，也许会购置部分蔡司的部件用于望远镜的制作。两个望远镜当中，摄影用望远镜仍在使用，这座大型赤道仪也依旧承担着大众天文科普工作，在青岛市区的光害条件下，仍旧能做太阳和行星观测，并且又配备了新的朗特日珥镜。

今天天气晴朗，太阳角度正好，做黑子观测再适合不过，小孙打开穹顶，开启赤道仪，伴随迟钝的轰鸣，穹顶打开，日光倾泻而下，照得穹顶内纤尘毕现。这场景和佘山观象台还有紫金山天文台都很像。20世纪初古老的中国土地在阵痛中娩出了这三大天文台，它们有着非常相似的历史容貌——蔡司或肖特的设备如今多半退役，或只进行一些科普性质的观测，观测记录积满灰尘，它

加装了新的 lunt 日珥镜的旧赤道仪

第四章
昔我往矣，1898——青岛观象台

们在不知不觉中停止了前进，像冷却的熔岩，越流越慢，最后凝固成了一个纪念馆。

小孙拿来一张白底绿字的太阳观测记录图。上面绘有带刻度尺的正圆，代表太阳圆面。小孙将观测图夹在日珥镜前面的搁板上，调整望远镜焦距，太阳的投影遂落入观测记录图中的正圆中。颜色比投影略暗的黑子在白色纸上清晰可见。

"今天黑子不多呢。"小孙喃喃道，躬身伏案，以铅笔在白纸上追随黑子，描出淡淡的黑影，因赤道仪还在运转，上身近乎悬空，只笔尖与纸接触。一时间整个穹顶陷

经度测量纪念碑前的铜球

入寂静，只听见齿轮运行的声音。每天只要能看见太阳，就都有这样的观测记录。这种古老的观测记录方式始于1925年，曾任职于紫金山天文台和佘山观象台的天文学家高均，在青岛观象台开始了不间断的太阳黑子观测。馆内还藏有高均所绘太阳黑子图，与今人手绘并无多少差别。1937—1945年抗日战争期间，观测也没有中断，日本人在这期间也效仿中国继续做太阳黑子观测，但抗战胜利后资料全部被带走，除了"文革"期间，青岛观象台的黑子观测未曾间断，一直持续到今天，这是中国历时最长的太阳黑子连续观测——我常常觉得我们的四维宇宙由时间线上无数片三维的瞬间叠加而成，那么此刻笔下成就的这张记录表，就是这无数片瞬间之一，自1937年至今，这30 000片凝固的瞬间，组成了一曲孤独的咏叹。

▶▶▶ 百年风云

结束了太阳黑子的观测，小孙合上圆顶，带我们绕到圆顶室背后。那里的

静听宇宙的声音
——走进中国天文台

经度测量纪念碑

草木中立着的是万国经度测量纪念碑。万国经度测量纪念碑，在佘山天文台（徐家汇观象台的佘山观测站）也有一个。青岛观象台先后参加过两次经度联测，分别在1926年和1933年，负责人分别是高均和李珩。我们都已知道，1926年在中国，除了青岛观象台，另有徐家汇观象台也参加了这次联测——紫金山天文台1934年才正式竣工，故两次联测均未有其身影。徐家汇观象台相当于法国天文学在远东的一个站点，负责人都是法国耶稣教会的神父，而青岛观象台才是真正意义上由中国人主持的经度联测工作。当时的青岛台刚由中国收回不过两年，设备远逊于法国人管理的佘山台，以至1926年的观测，只有部分数据可用，即便如此，还是获得了精确的数值；到1933年李珩主导的第二次联测，就有了相对成熟的设备。两次联测都在国际上获得了不小的声誉。如果说徐家汇天文台的观测是法国人的成果，而其时紫金山天文台又尚未萌芽，那么20世纪20年代末30年代初，真正由中国科学家——蒋丙然、高均等人领导的青岛观象台，毕竟取得了世界级水平的观测成就。我素来歆慕徐汇台有如苦修般的过往和紫台荡气回肠的历史，却几乎错过了孤独生长的青岛台。

眼前这座纪念碑远比佘山天文台的纪念碑"豪华"，一座尖尖的立柱，其上镌刻张钰哲的题词，并嵌铜球，代表地球，地面上围绕一周的"黄道"上东南西北又各有4个石球，轴心与地球极轴齐平，代表四季。

再绕回圆顶室前方，另有重重围栏的小石屋，这是1956年设置的中华人民共和国水准原点。小石屋内有一旱井，中央静置花岗岩柱，井的底部镶嵌玛瑙

第四章
昔我往矣，1898——青岛观象台

标志。1957 年，中国人民解放军总参谋部测绘局根据"1956 年黄海平均海水面"得出观象山水准原点的高程为 72.2893 m，被称为"1956 年黄海高程系"，作为全国统一高程基准使用（此数值已于 1987 年废止，重新测量的数据为 72.260 m）。

青岛观象台，从德国人的青岛皇家观象台，到日本人的青岛测候所，再到中华人民共和国成立后的紫金山天文台青岛观象台，历经了 100 年的历史，参与过天文观测、地磁勘测、经度联测，还是中华人民共和国的水准原点，而如今它的所有荣光正被

老望远镜和陪伴它的萨摩耶

时间打磨成明亮又柔和的铜色。小孙带着我们进入圆顶室隔壁的青年旅舍，一只大狗热情洋溢地和我们打招呼。我们跟着小孙，路过逼仄的木质楼梯，斑驳的天文台楼梯墙壁上贴着摇滚乐队的海报。爬到顶上赫然发现那其实也是一个球顶，中间被一堆旅社的杂物围绕着的，赫然是一架德式望远镜。

我在云南见过被希尔顿包围的天文台，在内蒙古见过被牛羊包围的天文台，和青旅合为一体的天文台还是第一次见。望远镜脚边拴着一只萨摩耶，见到我们，欢脱地咬着塑料瓶子扑过来和我们玩。我的眼泪快要流下来了，那是德国人留下的盖氏望远镜，1945 年日本人撤离青岛时将其 16 cm 物镜掳走，后由长春光学仪器厂加配。它如今已不工作，和青旅的烟火生活在一起。老板娘在隔壁煮咖啡，萨摩耶在脚下打滚，来自世界各地的游客曾路过它、打量它，好奇地抬头看它、询问它、讨论它，然后离开它。这也许是纪念馆最好的形式——和人们生活在一起。但是这当中有人知道它的故事吗？知道它曾被谁的手抚摸过吗？可是啊，我记得，我都记得。我仿佛听见了望远镜镜筒的嗡鸣，像一匹老马。

静听宇宙的声音
——走进中国天文台

　　流泪的文科生又念起 1898 这个数字。1898 年，马建忠撰写的《马氏文通》出版，第一部汉语语法学著作，马建忠是马相伯的弟弟。马相伯有一位学生，叫蒋丙然，1898 年的 26 年后，他从日本人手中接过青岛观象台，成为青岛台的第一位中国人台长。他建起了当时中国最大的天文圆顶室，创造了眼前的历史。

第五章

天地之中
——河南登封古观星台

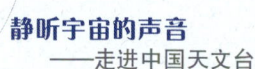

静听宇宙的声音
——走进中国天文台

>>> 天地之中

  我和好友麦扣从河南回来,一路风尘,下了火车直接到永平里的餐厅和朋友们见面,曾经是法租界的永平里是西方人聚集的地方,八点多这里聚集了看世界杯的各国食客,桌上摆了鸡尾酒和西餐,灯光杯影里我一时恍惚,分明上午还在中原,周遭俱是飞檐翘角,如翚斯飞。麦扣和我,一个是去参加考古研讨会,一个是去看古观象台。朋友笑道:"所以你们,一个看天上,一个看地下?"

  麦扣是黄河流域地质考古专家,对河南大小城市都熟悉;我之前从没去过河南,短期内也并没有去的打算。他虽然自己也不喜河南这样一个外国人生活诸多不便远逊上海的地方,但也常笑我对河南有"中国人都有的刻板印象",并诚恳地告诉我,河南有很多城市,值得一去。我多是一笑了之,旅行计划里有很多城市,河南不知道排多少位了。

  然而在贵州FAST的时候我和站上的赵工聊起我去过的天文台,说起旧都多有古观象台遗址残留,譬如河南、陕西等地。从贵州回来后我问对西北城市非常熟悉的麦扣,果然他说:"有,在登封告成。"他在那里做过发掘工作,一起提到的还有陕西的陶寺遗址,虽然更古,但那只是个大圆坑,外行人看不出什么门道。

  周末恰好麦扣也要去开封做田野,遂相约一起去河南,我去登封,他去开封。事先我并没有花很多工夫在网上查找路线,完全随心任性,走一步看一步,然而整趟旅程都非常顺利,信息通畅,交通便捷,甚至没有走多少路——中巴车下来居然就是古观星台。古观星台就是这个小镇的中心。

  告成旧称阳城,人们都说它是夏的旧都,唐时方改名告成。这座小镇如今完全看不到旧日荣光,褪去一身王气,它是一座非常普通的华北小镇——灰扑扑、没什么高楼、路边售卖便宜的小商品,夏都阳城在被时间忘记的角落里,在正午的日光里演奏出无忧无虑的蝉鸣。

第五章
天地之中——河南登封古观星台

观星台路标

深处的观星台

静听宇宙的声音
——走进中国天文台

影壁

  古观星台如今被郁郁葱葱的树林遮蔽，要往深了走，仿佛这座城市在有意掩盖过往，引得我愈发好奇。入口处有看相的地摊，两位看起来像是妯娌的妇女正听相士讲解手相。我笑了笑，继续往里走。日头正当中，周遭没有什么人，只有绿树，影子极短，我想起前两天就是夏至日。走过影壁，就看见一座壳体剥落的石台，形似带把手的铃铛，勉强可辨认出"把手"是表，底下"铃铛"是圭。这就是周公测景台，景通影，相传周公旦在此以圭表测日影，夏至日时圭表无影，遂得出此地为天下之中的结论。当年周公旦使用的木圭表已无踪迹，眼前的石圭表是唐制，沿袭了周制。从背后周公庙匾额处悬挂的夏至日观赏测景台活动标语来看，我将将错过了夏至日这里如织的游人来观赏测景台"无影""奇观"的盛况。此地纬度约为北纬34.4°，按理说太阳即便到夏至日也无直射可能，但因石座遮挡，看起来地面上没有影子，故曰无影。

  再往后走，绕过各朝代碑林和周公庙，就看见了另一座石建筑，仿佛是放大版的圭表。它也的确是个放大版的圭表。人们形容它状如"覆斗"，对于从没见过"斗"的我来说，它最确切不过像是一座堡，或是烽火台。可惜我今天来得不

104

第五章
天地之中——河南登封古观星台

不远处的周公测景台

碑林

静听宇宙的声音
——走进中国天文台

正在修缮的观星台

斑驳的台阶

巧，整座圭表被铁皮包裹得严严实实，一组施工队正在对这座古建筑进行修缮。我无缘得见圭表全貌，只得敲开铁皮门，问工人我是否能参观。时值中午，工人正在吃饭，见我一人，没说什么，打开门来让我自便。我得以在脚手架中间近距离触摸中国这座最古老的古观象台（陶寺不算的话）。

没有安全帽，我不得不很小心，绕过脚手架登上台顶，台身瘢痕遍布，东边有两个触目惊心的大洞，乃是20世纪初日寇炮弹击中的痕迹，历史与历史奇异地相交，如同此刻，我的朋友，美国人麦扣，正站在古中国的城郭遗址上，细心地扫下一小撮尘埃。相较之下，高台顶上更像个未完成的施工工地，遍地灰土，一个不知道什么年代的日晷在角落，一只红色防火箱在恪尽职守。但顶上视野极好，南北望去，可以看见周围建筑清晰的对称。这种对称是我后来几天在河南随处可见的，也是我从小到大都很熟悉的。这里在对称的中间轴上，这里是华夏的中心。

郭守敬建立这座圭表，用以测日影，是《授时历》的数据来源，奠定了后世中国天文历法的基础，其精确程度一直为世人称道。实际上，古中国和其他几个古老国家的文明一样，

观星台顶上的日晷

保存了大量科学历史记录，亦有精确的天文地理计算勘测数据存世，却并未能够发展出现代科学。郭守敬选择在周公测景台的遗址周围建造圭表，也许不仅是择其地理位置的"居中"，更是一种传统意义上的"致敬"。就如徐光启成就了徐家汇，圣塔克拉拉发展成为硅谷。

▶▶▶ 古今交汇

然而从地理上来讲，天文在这里停止了，郭守敬成就了一个巅峰，但也就此停止了。人们仍旧在看手相，庙里供奉着3000年前的周公旦。我独自站在高台，绞尽脑汁地想，希望可以从脚下的古中国天文仪器中寻得一些它与现代天文的联系——假设古中国从来没有产生过天文——哪怕一点点星火，那么今天中国的现代天文，还是否一样？中国古天文，除了留下的浩如烟海的记录和计算之外，有没有曾对自然科学产生过任何影响？人类最先进前沿的科技，是否有来自于

观星台上的视野

东方古中国的贡献？民间使用的是西历，科学界沿袭的是西方自然科学，所有人都站在牛顿、开普勒、达尔文、爱因斯坦的肩膀上，一切研究遵循的是国际的学术规则，人们在全球范围内合作，共享信息，人类像一体一样思考、探索。那么，这一切的一切，是否意味着，我眼前的观星台，曾站在这观星台上的郭守敬，毫无意义？

我走下高台，走出公园，坐上回登封的车，又从登封回到郑州，再到开封，与正在参加黄河学研讨会的麦扣会合。他常给我看他的论文，和我提起一些最前沿的考古技术，如卫星图、无人机航拍、土壤同位素分析等，以先进的技术叩开古老土地上的秘密，在我这个中国人看来，又陌生，又熟悉。我问他："为何选择黄河？"他答道："倒不如说是黄河选择了我。"

在熟谙黄河流域文明的麦扣的推荐下我去了开封铁塔。我在烈日下攀上斑斓繁复的铁塔，幽深的台阶指引我走到铁塔最高最深处，那里只有一尊佛像和一个蒲团，人在狭小的空间里无法站直，只能蜷缩。我对着佛像拜了拜，坐在蒲团上，看着面前小铁窗外的公园，从塔底延伸出的小路在绿树间穿梭，通往

第五章
天地之中——河南登封古观星台

小小的凉亭，和我在告成看到的一样，也是漂亮整饬的对称结构。我想起了麦扣最新的论文，讲黄河水患对于中国历史进程的影响，他给我看土壤层的分析，上面一层是清明，然后是宋唐，然后是汉，再然后是新石器时代、旧石器时代，层层堆叠，是时间和空间制成的拿破仑蛋糕。千年前这里富庶安稳，河网如织，植被遍布，大概就如今天的江南。文明在这里沉淀，像河底的尘沙，但突然有那么几次，或几十次、几百次，大水、灾难、战乱，尘沙和城郭一起埋藏在地底，无知无觉的新的土壤将一切一层层掩埋，新的掩盖旧的，记忆被封存，等待千百年后大洋彼岸的高加索人前来开启。

小铁窗透进来的凉风吹干了闷出来的汗，我突然意识到我多么熟悉这一切。麦扣建议我来河南的时候，我没告诉他其实小时候我的梦想是生活在河南，因为那里是中原，是天地之中，是从小接受传统经史教育的我所向往的。好像失忆的人突然回忆起全部，我想起了自己曾是汉语史专业学生，研究敦煌异文，熟悉中国古典学，熟悉中国神话，喜欢中国古代的一切，为知晓关于中国古天文的知识，我打开了第一本关于天文的书。和历史惊人地相似——我被牛顿、开普勒拉着飞奔到更广阔的世界，中国古代的过往被甩在了身后。曾经的天地之中不再是天地之中，甚至天和地的定义都已模糊，一切都在震荡和转换，中国在隔离中疼痛着，这是中国的"百年孤独"。而此刻，来自大洋彼岸的麦扣，正带着现在和未来造访中国古代的心脏，我站在古观星台，以新的目光仰视中国古代的星空。古今以各种方式奇异地交汇，令我困惑，令我悲伤，又令我欢欣。

PART 2

第二篇

天眼：伟大的工程

第六章

双球记
——记青海德令哈天文台和
西藏羊八井天文台

第六章
双球记——记青海德令哈天文台和西藏羊八井天文台

▶▶▶ 今夜我在德令哈

德令哈天文台是此次高原之行的第一站。

列车一路向西,马不停蹄地追着太阳跑。车窗外是西北荒野的落日,奢侈地在车窗外铺展开来,地平线上蜿蜒着燃烧的长云,落日在蒸腾的云霭背后跃动,积雪被染成橘色……车九点开至德令哈,我们站在积雪的火车站前的马路上,哈气在冷冽的空气中迅速变成白霜,德令哈3个大字在我们背后火车站上方的夜空中发着光。我非常兴奋,Karlan 不得不反复提醒我不要乱蹦乱跳,此地海拔 2900 m,对于长江中下游平原长大的我而言,背着大包跳两下就会喘。

我们去往野马滩,那里就是茫茫戈壁,除了有我们要去的紫金山天文台青海观测站之外,再往东只有一个小小的蒙古包村落。车在积着白雪的黑色群山中间飞驰,四野六合空无一人,车里在放女人唱的民歌,用我听不懂的语言,粗野却快乐自得。西宁长大的 Karlan 抿嘴一笑,告诉我说,这就是青海花儿。

车在一片黑色群山和积雪反射的白色月光中间刺开一条光路,前方一点钟方向山头上有个明亮光点,那是刚升起的天狼星——野马滩在德令哈市区以东。

群山渐渐后退,地平线逐渐裸露之时,车灯照亮的视野里蹦进来一只野兔,又蹬着有力的后腿跳出视线之外,这时候何师傅说,观测站到了。果然一个大球的轮廓缓缓出现在视野中,那是德令哈观测站的 13.7 m 毫米波射电望远镜。

德令哈观测站,全名中国科学院紫金山天文台青海观测站,是紫台在国内的 6 个观测站之一,13.7 m 口径的毫米波望远镜,利用分子谱线巡天,主要进行银河系内分子云与恒星形成区、行星状星云、拱星包层、星际介质,以及太阳连续谱和河外星系等观测研究。

此地比德令哈市区海拔略高,3200 m,具体体现在我把大包从车里拿出来都需要大喘几口气。一个瘦小的女生在夜风中为我们打开了大门。女生刚毕业,今晚只有她在观测室值班。她把我们带进住的地方,塞给我们几颗大白兔奶糖

月光下的德令哈观测站 13.7 m 毫米波射电望远镜

　　和巧克力，祝我们圣诞快乐，我们才想起，这个明月千里的夜晚是平安夜。

　　我和 Karlan 在观测站空旷的场地上信步，穿得严严实实，还是得忍受粗糙得像砂纸一样的风在裸露的眼部周围刮擦而过。野马滩本就是个人迹罕至的地方，积雪洁白，没有脚印打扰，于是整个观测站都在明朗的月色下呈现出银白的光泽，除了观测站门口的路面，已被人仔细地清扫过。此地干燥，雪粒如沙粒，甚至没有办法团成雪球——我试图团一个雪球在背后袭击 Karlan，刚扔出去雪球就在冷风中瓦解，迎风吹了我一头。

　　这里是被月光照亮的寂寞的西北大戈壁，千里荒无人烟，四下一片阒寂，只能听见两人的登山鞋踩在干燥的雪地上的嘎吱声响，而这些声响，也转瞬就被风吹散，没有一丝痕迹。

　　今夜，我在德令哈——此刻我真是爱极了这句诗。

　　观测站的 13.7 m 毫米波望远镜今晚并没有在观测。我们只能在月光下一览它有几何感的天线罩。德令哈观测站于 1982 年开始建立，这台口径 13.7 m 的毫米波望远镜建成于 1990 年，为中美合作，使用地平式机架，光学系统是经典

114

晨光中的德令哈观测站 13.7 m 毫米波射电望远镜

卡塞格林系统，是中国目前毫米波段唯一的一台设备——接收天体在 1～10 mm 波段辐射的望远镜，叫作毫米波望远镜。

值得一提的是 2010 年年底，望远镜安装了超导成像频谱仪，2011 年年底安装了新的天线罩，为的是开展后面紫台的"银河画卷"计划，即 $^{12}CO/^{13}CO/C^{18}O$ 银道面巡天。银河画卷计划，旨在希望通过 8～10 年对银河系一氧化碳及其同位素的观测，观测分子云在银河系的分布和结构，分析分子云跟其他物质相互作用及其关系，了解分子云的分布、结构、物理性质等，编制全部区域的分子云源表，绘制出一个相对完整的银河结构图。

大西北荒野上的这个小小观测站，担负的是了解宇宙状态和弄清楚宇宙演化的任务。

观测站东南是国家天文台的 3 个光学望远镜——观测站一般不会只有一台设备，其他单位也会借场地放自己的望远镜。光学望远镜的观测室里亮着灯正在工作，我们刚站在门口想进去看看，便看见一个男生拿着材料匆匆经过，太投入没有看到我们，我们最终也没有打扰，就悄悄离开。Karlan 说，这时候正

静听宇宙的声音
——走进中国天文台

观测着的工作者一般很讨厌不请自到的外人。

来此地之前为此行在网上买了一些器材，卖家在包裹里附赠了一本当月的《天文爱好者》杂志，里面正好有国台的邓李才老师用努比亚手机拍摄的德令哈观测站的银河拱桥，而地景就是国台在此建立的这3个并排的光学望远镜。

东南角的一个望远镜，建筑很新，粗看颇有民族风情，没有在工作，只有个红点亮在屋檐下，表示有摄像头监控。那是中国科学技术大学为研究量子通信在此建的 700 mm 望远镜。

即便是满月，天上星子也还是能看到几颗，冬季大三角和猎户，在大风中摇摇欲坠。冷，极冷，我感到每吸一口气，冻硬了的鼻毛就在鼻孔里弯一次腰，最后它们不再弯腰，因为我感觉它们都已经冻得腰折了。

满月、积雪、圣诞夜、天文台、大戈壁——但其实野马滩的这个夜晚并不如前面所述的那般浪漫和温柔——除了极寒，还有干燥和缺氧，我和 Karlan 都不同程度地感受到身体对缺乏水分和氧气的抗议。这绝不是一个非常适宜人类居住的地方，但天文台往往就建在这里。

这是毫米波的特点决定的，地球大气中的水汽会吸收来自外太空本身就很微弱的亚毫米波和毫米波，所以这些波段的望远镜都必须建在海拔高而湿度低的地方。适合建立亚毫米波/毫米波望远镜的天文台址，除了美国夏威夷的冒纳凯亚山（Mauna Kea）之外，还有智利的阿塔玛卡高原 (Atacama Plateau)、南极等，都是重要的毫米/亚毫米波望远镜天文台址，而目前中国的天文学家也正在努力证明，西藏也是一个可以进行亚毫米/毫米波天文观测的圣地。

西北边陲这个非常漫长的长夜过去，太阳升起。我极爱低地平线旷野的日出，因为远处山顶会瞬间披上霞光，呈现出日照金山的美妙景象。而我自己，夜里呵出的水汽全都在眉毛上、眼睫毛上、头发上、围巾上、帽子上凝结成冰晶，在阳光下闪光。

今天是圣诞节。这个小站离"圣诞节"这个概念太远，它还是一个规规矩矩的天文台模样，镶嵌在肆意伸展、纵横绵延的大戈壁上，像龟裂土地上随意散落的一颗珠子，而我此刻，也想不到什么圣诞节之类的，只想躺在雪地上，多陪它一会儿。

第六章
双球记——记青海德令哈天文台和西藏羊八井天文台

>>> 羊八井

羊八井和羊没关系，那里也没有 8 个井。和德令哈是蒙古语"金色的世界"音译一样，羊八井是藏语音译，大概是"佛教广严城"的意思。羊八井地处当雄县境内，出名在地热温泉，也是从拉萨去往纳木错的必经之地。

羊八井宇宙射线观测站是我们西藏之行的最后一站。

羊八井海拔 4300 m，但经过 7 天的高原跋涉，对这种高度我们已可以睥睨。是日天气依旧极好，启孜峰顶部冰雪在日光下冒出白烟。

去羊八井时偶遇的穷母岗日峰——藏语"有学问的仙女"（摄影：大山）

静听宇宙的声音
——走进中国天文台

向导大山一边开车带我们进入羊八井镇，一边问我们："我无数次去纳木错经过羊八井，怎么就从来没看到过你们说的天文台？"

我和 Karlan 面面相觑，说："我们还以为你知道在哪儿呢。"

"西藏我走了 10 年了，"大山说，"林芝的天文台我就知道两个。羊八井你们说的天文台我还真没见过。"（林芝的两个天文台，后来大山发来照片，球身都漆着迷彩，大概是军用的。）

我们赶紧手机搜索地址。我们在高原微弱的网络中磕磕碰碰地费了半天劲，也没找到具体地址——所有网页都模糊地写着，西藏羊八井宇宙射线观测站位于西藏羊八井。

这不是废话么。

好不容易找到网上一位朋友写的羊八井天文台参观游记，照片加载不出，只有缩略图，我们模糊看见橘色房子上面几个球顶。

"找橘色房子。"我们说。所幸羊八井就是个小镇，几步路就能走完，大山开车，我们四下里找橘色房子。

声名显赫的羊八井地热温泉就在右手边，羊八井小镇就快走到头，阳光好极了，偶有藏民穿梭在视野内，狗在路边觅食，这是这个西藏小镇普通却美好的一个下午。大山说："咦，就这么点大，没有了。"我们陷入巨大的失落和沮丧，眼看就要空手而归，说话间车子路过一群低矮建筑，来到一片碎石裸露的空地，一排橘色小房子就出现在左手边。啊，我们同时大叫了一声，找到了。

简单的橘色板房，上面堆着的几个白球准确无误地昭示着它的身份，房子周围用铁丝网围成院子。我们欢呼起来，车没停稳就跳下车，却发现院门紧锁。我们绕着院子走了半圈，在破破烂烂的铁丝网里找到一个大洞，钻了进去。

刚钻进去想要靠近控制室，就被一阵狗叫吓了一跳。一只黑白花狗从门口的一只纸箱子里钻出来，一脸严肃地朝我们狂吠。Karlan 怀疑没人，叫了这么久也没人出来看。我则断定有人，因为有车停在院内。

Karlan 绕到天文台后面查看，留我与狗对峙，停好了车的大山也钻进来。我在院子里的垃圾堆里四处翻找，最后找到一根一尺长的线缆，拿在手里，准备把狗轰走。大山看不下去了，从脚边找到一根烂拖把扔给我，我手里拿着拖把顿时有了底气，只是残存一些仁慈，希望这个花狗能自己识相点走开。结果

第六章
双球记——记青海德令哈天文台和西藏羊八井天文台

西藏羊八井宇宙射线观测站

花狗看我手里有了武器，顿了一顿，勃然大怒，声音抬高八度，仰着头冲我汪汪大叫。好，既然你不仁别怪我不义，我挥舞着拖把准备把狗吓走，突然几颗石头飞过来，正中狗屁股，我和狗都愣住，然后又是几颗石头，噼里啪啦对着狗一阵乱打，狗一边继续强弩之末地吠着，一边四处奔逃躲避乱石攻击，最后夹着尾巴躲到屋后，再不敢出来。

我扭头一看，不远处的大山拍拍手笑嘻嘻地说："哪那么麻烦，快进去吧。"我们遂顺利越过花狗的防线，来到门前。门虽然是关着的，但没有上锁，我们推门进去。为了防止吓到里面的人，推开门后，我一边适应黑暗，一边小心翼翼问道："有人吗？"

很快值班室里钻出两个小哥，其中一个黑黑的，看起来是当地人，一脸警惕地看着我和大山，问："你们是谁？"

我赶紧介绍道："我们是天文爱好者，从日喀则赶过来，想参观一下天文台。"

小哥颜色大为缓和，冲我们露出非常阳光的一笑，牙齿非常白。他问我们："你们是要参观亚毫米波？"

静听宇宙的声音
——走进中国天文台

我赶紧出门去把还在外面被狗欺负的 Karlan 拉了进来。3 个人一起被小哥领着，上到二楼。

这就是 CCOSMA 亚毫米波射电望远镜啊。我和 Karlan 都是第一次看到，不由失去语言，只会仰着头看着它漂亮的镜面流口水。

CCOSMA 原名 KOSMA（Kölner Observatorium für Sub-Millimeter Astronomie），3 m 口径的亚毫米波望远镜，并非羊八井土著。她本坐落于海拔 3135 m 的瑞士阿尔卑斯山的戈尔内格拉特（Gornergrat），由德国的科隆大学物理研究所和波恩大学射电天文研究所负责运营，自 1985 年起，服务了 25 年。2010 年，在中德双方科研人员努力下，这个漂亮精密的射电望远镜被迁至海拔 4300 m 的中国西藏羊八井，更名为 CCOSMA。

我们的向导大山对天文学当然并不了解，却有孩童一样的好奇心，抓住小哥问这问那。他以为我们跋山涉水找的天文台，内中都有大炮一样的望远镜，在里面能看到很多如梦似幻的东西，结果在目的地看到一个其貌不扬的"大锅"，

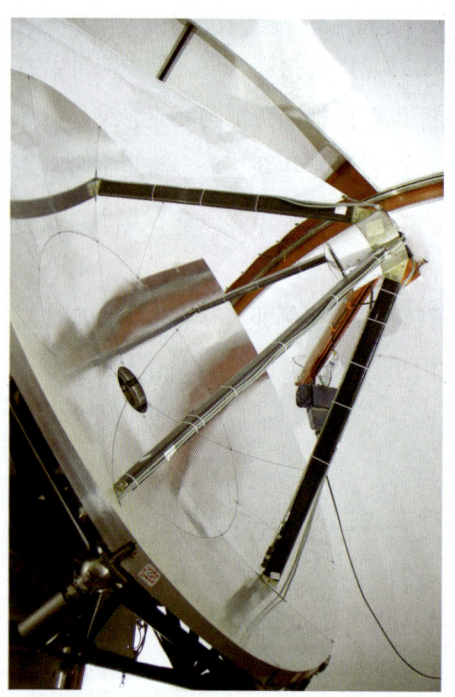
3 m 亚毫米波宇宙射电望远镜（一）

3 m 亚毫米波宇宙射电望远镜（二）

120

珠峰落日（摄影：大山）

有点失望。我们为他解释，射电望远镜，用来看人眼看不到的东西，然后经过计算机处理，转化成人类看得见的图像。

与德令哈的 13.7 m 口径毫米波望远镜不同，CCOSMA 的波段在亚毫米。波长 0.3~1 mm 为亚毫米，界于红外波段和射电波段之间，使用外差检波技术（Heterodyne Detection）探测。亚毫米波和毫米波的射电观测，对于分子宇宙学有重要意义，因为这些波段很少受到星际尘埃消光的影响，适合研究恒星行程和恒星演化末期，也可以通过这些波段观测研究宇宙微波背景辐射。

"你说的那种'大炮'，那是光学镜，"小哥和大山介绍道，"你们刚才在外面看到的其他几个球，都是光学镜，有台湾的，有兴隆的，还有个香港商人的。"［香港商人大概指的是星河科研社（香港）的社长方浩翔先生，他在羊八井有一个 500 mm 的望远镜。］

"你们现在有在观测吗？"Karlan 问小哥。

小哥摇头道："前段时间来了些人，设置好之后就回去了。其他几个镜子，因为是光学镜，可以远程操纵，所以往往是，一年来个一两次设置调整一下，

珠峰星空与峰顶云缝间的北落师门

其余时间都在远程。"

CCOSMA 在 2012 年实现接收机超导制冷至 4.5 K，并成功实现接收机和频谱仪的实验出光。2013 年，完成电控系统等的升级改造工作。2014 年，升级修改和调试完成所有相关软硬件，并成功"开光"。2015 年年底，CCOSMA 多次重复降温至超导温度，并可重复进行天文观测工作，这标志着 CCOSMA 即将进入科研观测阶段。从此，CCOSMA 在青藏高原重新开始她的观测工作。小哥说的前段时间有人来设置，想必就是在测试超导成像仪。自 2010 年迁至此，这个 3 m 亚毫米波望远镜至今尚未完全开展观测，镜身仍旧保留着安装调试镜面角度时用的电机。

大山作为一个天文新鲜人，问的问题总是有趣，他问小哥："咱为啥要买别人 30 年前做的镜子？"小哥笑笑说："国内技术尚欠火候，作为技术合作引进国外的镜子，也是有的。"大山遂啧啧称奇，轻轻敲了敲镜面。

Karlan 事后说："看到大山敲镜子，我要是 PI（Principal Investigator，一般天文机构中指一个望远镜项目的负责人），当场就能变成狼人。"

第六章
双球记——记青海德令哈天文台和西藏羊八井天文台

我忍不住笑了。大凡天文工作者，对于这种轻率对待望远镜的态度，都不以为然。羊八井中德亚毫米波望远镜的 PI，是王俊杰老师。我曾看过他的报道，有时候怕工人弄坏昂贵精密又脆弱的仪器，宁愿在 4800 m 的高原自己爬上爬下搬运。

亚毫米波和毫米波一样，大气中水分子对他们的吸收十分严重，这也是亚毫米波建立在羊八井、毫米波建立在德令哈的原因之一。

国家天文台有个项目组叫作国家天文台西部天文选址组。中国西部拥有海拔高、气候干燥、光害少等特点，具有极高的建台潜质，一度有人声称中国西部有比智利、夏威夷更适合建天文台的地方。在地广人稀、环境恶劣（对人来说）的大西北寻找到合适地点建立天文台，是选址组肩负的任务。否则未来中国计划建造的 30 m 望远镜，可能就会建在智利。

我问小哥怎么称呼，小哥说："就叫我小黄吧。"观测研究员小黄见我们问的问题不像是来胡闹的，面容开朗许多，话也多了。大概也因为此地多年就两个小哥在值班室里对着电暖气烤火，颇为寂寞。适合建立望远镜的地方和适合人居住生活的地方本就鲜少有交集，看王老师的报道，在羊八井观测站选址和建造的 10 年里，遇到过泥石流、沼泽地，吃煮不熟的饭菜，忍受高原病，以及家人远在千里之外的孤独。

我们从观测站里出来，外面日光厉烈，我眯起眼睛。门外的黑白花狗看见小黄，亲热地扑上去，我走过去，它立刻缩到小黄腿后，记恨地看着我。我拍手叫它过来，它把头别过去不理我。

我和小黄说："之前狗叫了很久也没人出来，还以为里面没人呢。"小黄笑道："它很烦的，我们以为又是村子里的狗出来惹它所以它才叫，就没理它。"顿了顿又说："它的后腿被镇上别的狗咬伤了，现在走路一瘸一拐的。"我仔细一看，可不是，后腿有明显的伤痕和红肿。我心生愧疚，问小黄："它叫啥名字？"小黄说："叫小白。"

我唤它："小白，小白。"

小白，依旧不理我，它坐下来，坐在观测站门口，对着太阳打了个大大的哈欠。今天天气极好，背后的启孜峰也面目和善，轻轻拥着这个小小的孤独的观测站。

静听宇宙的声音
——走进中国天文台

羊八井宇宙射线观测站的小白

橘色的小观测站太不起眼了，无数次经过羊八井的大山甚至都不记得有它这么一个存在。大概每天经过这里的大部分人也和大山一样，根本想不到，这里，高原普通的小镇上，这排橘色小房子，就是北半球海拔最高的亚毫米波宇宙射线观测站，担负着北半球银道面分子谱线巡天的任务，它将和它的无数兄弟姐妹们一起，探索恒星起源和演化，了解宇宙更深处的秘密。

这世界上每一个天文台都是独一无二的，我在很久以后才明白这个道理。它们和人一样，有诞生、成长、工作，也会退役。每个天文台，从一诞生开始，就都凝聚着"父母"的心血，肩负了不同的观测任务，探索星辰大海。

链接：http://www.dlh.pmo.cas.cn/；http://www.cas.cn/。

第七章

明安图的星空 *
——内蒙古明安图观测站

* 此行感谢国家天文台陈志军老师、颜毅华老师、任建喜师傅的支持和帮助，没有他们我到不了旋臂尽头

静听宇宙的声音
——走进中国天文台

>>> 美妙的螺旋：太阳射电频谱仪

去明安图观测站之前我向两个锡林郭勒的当地人打听过。一位是宝昌的哥们儿，我说："明安图有个天文台。"他说："什么台？"我说："在正镶白旗和太仆寺旗中间，一个……一个观测站。"他说："什么站？"我挠了挠头，想起在密云的时候，当地人都把射电接收器叫作"天线"，就说："那里有很多大天线。"他恍然大悟："噢，你说的是不是雷达站？"第二个是黄旗的哥们儿。这回我直接说："雷达站。"他很爽快地说："噢，知道，在白旗，在明安图。"

明安图观测站是隶属于国家天文台的一个野外台站，位于内蒙古锡林郭勒盟正镶白旗明安图镇。中国大陆的射电望远镜，我看过羊八井的中德亚毫米波望远镜，德令哈的13.7 m毫米波望远镜，还有密云的米波综合口径望远镜，而明安图的厘米-分米波日像频谱仪，我还没去过。日像频谱仪，顾名思义，主要探测方向是太阳动力学，通过观测太阳，对日面进行多层次观测。根据观测太阳活动的动力学性质，探测日冕大气，从而了解日冕大气的动力学过程。太阳是距离我们最近的一颗恒星，也是我们赖以生存的"母星"。对它了解越多，我们的视野在太阳系中过去和未来的维度上就伸展得越长。和对月亮、星空、宇宙、自我的好奇一样，对太阳的好奇，是人自走出蒙昧以来的本能。好奇本身就是本能。

联系上观测站科学家的过程很辗转，距离出发还有一周的时候尚无一点进展。我唯一掌握的信息是观测站的经纬度，只能用来输入到天气预报软件中，一览六月雷雨季大草原阴晴不定的脸孔，和我的心情一样百感交集。我做好了最坏的准备，打算独自前往正镶白旗，联系当地司机拉我去观测站，在站外露宿一晚。但联系上了观测站的首席科学家颜老师之后，情况就陡然好转起来。颜老师并不因为我是无名之辈表露出不屑或敷衍，确认了我的行程后将我的邮件转发给了站上的高工陈老师。陈老师也极热心地为我介绍观测站的食宿条件。

第七章
明安图的星空——内蒙古明安图观测站

端午节观测站无人值班,陈老师把站上当地司机任大哥的电话给了我。

端午节当天早晨我背着大包,颇具节日气息地拎着两箱粽子出发了。从呼和浩特落地转火车的两小时里,我还不忘记大包小包飞奔到赛马场附近的馆子里要了一斤手把肉和一桶奶茶。大口吃肉大碗喝奶也是我此行的目的之一,天气好不好、最终能不能顺利抵达观测站,这些问题我都看得很超脱。我坐在蒙古包里满头大汗地撕扯着羊肉,奶茶碗续了又续。最后实在撑得走不动,招呼蒙古族妹子为我打包了羊肉和奶茶。

我登上呼市开往正镶白旗的慢车。窗外是一望无际的锡林郭勒大草原,碧蓝的天,白胖的云,数不清的风车在远远的丘陵上矗立。近处矮草幼绿,贪婪地吸收空气中的水分子——上午我还在飞机上的时候锡林郭勒刚迎来一场阵雨。列车一路向东,太阳在正南以西,彩虹横贯在北。牛羊马星星点点散落在草原。隔着车窗我好像也能闻到湿润的草、新鲜的草,以及畜粪便的气味。今天是汉族的端午节,糯米伴着粽叶的香气正在南方仲春的浓绿中氤氲开来,而此刻内

雨后的草原(在开往锡林郭勒的列车上拍摄)

静听宇宙的声音
——走进中国天文台

蒙古大草原正进入一年中雨量最丰沛的季节。出发前包括我自己在内没人对我这趟行程的天气抱太大希望。数月前计划与我同行的好友也觉得天气太不稳定，临阵脱逃。所有人都建议我另择日期，我坦然承认——我并不是一个执着的星空摄影爱好者，此行是为了去看观测站的日像仪，好吧，还有吃羊肉喝奶茶。就算当晚乌云密布看不到一颗星子，就算没有吃到肉喝到奶茶，就算没有看到日像仪，又如何呢？我刚踏上这片土地就饱览了色彩蓬勃的美景，"天苍苍，野茫茫，风吹草低见牛羊"的家国情怀，已经没有什么遗憾。

列车于傍晚时分停靠在正镶白旗车站，跳下列车的瞬间周身一凛，冷峻的空气迥异于呼和浩特的热浪。太阳正在西沉，这个北方小镇显得格外冷清。我胆怯地出站，在一堆操当地方言的小车司机中顺利寻得观测站的京字头尼桑小皮卡和热情的观测站司机任大哥。

任大哥驱车带我前往观测站。结实的小皮卡擦着小镇的边缘离开，在坑坑洼洼的土路上颠簸，没过多久，就淹没在草原的海洋。夕晖正一点一点被收进山背后的天尽头，长云变色，像有火红的大金鱼从天顶游入西山，鱼尾飘摇覆了满天。我难得见到草原上的壮美日落，喜不自禁，摇开车窗喝风，嘎嘎大笑。任大哥笑我少见多怪，絮絮地和我说起此地的地理和天气。明安图镇是正镶白旗的政府所在地，位于锡林郭勒草原西南部，海拔 1000 多米，夏天是雷雨季，大风天多，冬天冷的时候可以到零下二十度。任大哥说，这里隔几年就会有场大雪，2013 年的时候下了好大一场雪，路面积雪数尺，他和站上陈老师开车回镇上，开出去 1 km，就弃车走回站上睡了一晚，第二天叫了铲雪车铲了一天才通路……

车在草原上开了半小时，远远看见地平线上矗立的两座高塔，我以为那就是日像仪了，然而任大哥说，那不是。那是原先用于其他干涉实验项目的 20 m 天线，完成后由观测站管理。目前观测站用它俩来做校准。车再开近一点儿，果然在高塔脚下看见更小的信号接收器，那些才是日像仪的综合孔径接收器，和整齐排列的密云射电阵不同，这些接收器似乎是没有什么规律地随意散落在草场上，像草原上的羊群。

观测站和其他野外台站一样，百米开外用铁丝木桩潦草地搭了一个防君子不防小人的栅栏。任大哥跳下车，走上前把栅栏上拴着的电线解开，稀里哗啦

20 m 天线（用以校准）

地打开栅栏，回到车上把车开了进去。一大群信号接收器中间有个小平房，那就是观测站的控制室和办公区了。

　　风劲烈且冷，倏忽吹动天尽头最后几朵晚霞的余烬，摇曳欲灭，头顶的云极快飞行，穿着排汗短袖衫的我感受到了剧烈下降的温度，抖抖索索地跟着任大哥进了室内。简陋的观测站里设施倒是很齐全，左手边是控制室，走廊白板上挂着各项通知和排班表，右手边是生活区。任大哥正把镇上买的补给放进厨房，我走进厨房，看到冰箱旁边的地上放着一片二向箔，上面躺着两只被降维攻击的小老鼠。见我看老鼠，任大哥说：“你怎么什么都不怕的。”"哈哈哈哈！"我搓搓手不知道说什么，回身把上海带的五芳斋粽子拿出来，问任大哥吃咸的还是甜的，任大哥说吃不惯咸的，遂吃了一个红枣的。我又掏出从呼市带来的羊肉和奶茶，二人分食。任大哥又奇怪我居然吃得惯内蒙古的羊肉和奶茶。南方和北方就在互相好奇的眼光中进行着习俗文化上的交流，干杯！乐此不疲。

　　任大哥带我去后面宿舍。简单的铁架双层床上铺着很居家的格子床单，简朴的花色令我想起在兴隆的夜晚。任大哥说这是站上工作人员或访客留宿的地

静听宇宙的声音
——走进中国天文台

方。几天前我还守着光秃秃一个经纬度悲惨地想自己可能要在大草原上露宿一晚，转眼我就拥有了一个可靠的避风港，还有温暖的床铺！几乎不敢相信是真的，只敢沿着床沿坐一点点，生怕坐坏了这一片太过完美的梦。

再出去时天已经全黑，月牙在西边地平线上，快要沉下去，木星在侧，火星和银河中心的蝎子人马一起在正南。然而云还是很快覆盖了西北天空，不一会儿就电闪雷鸣，出现了一边是银河横贯，一边是木星伴月，一边是风起云涌雷电交加的奇景。西面地平线上云后面的雷电一阵紧过一阵，平均一秒钟就闪一次。感觉是天上有个天使拿着闪光灯在给我拍照，我站在雷雨里哈哈大笑起来。

大草原上的雷雨来去匆匆，不过片刻就云开雨霁，月色如洗，银河的中心呈现出美妙无比的裂隙暗纹，天鹅座在头顶振翅。我迎风站在森然而立的射电阵中间，感受着一眼望不到头的大草原和星空，胸中漾起一阵空荡荡的快乐和惆怅。一直以来我热爱独自旅行的程度不亚于和挚友结伴，就是因为珍视这种骤然贴近世界的、那种令人战栗的真实感。当世界只有我一个人，我赖以为生

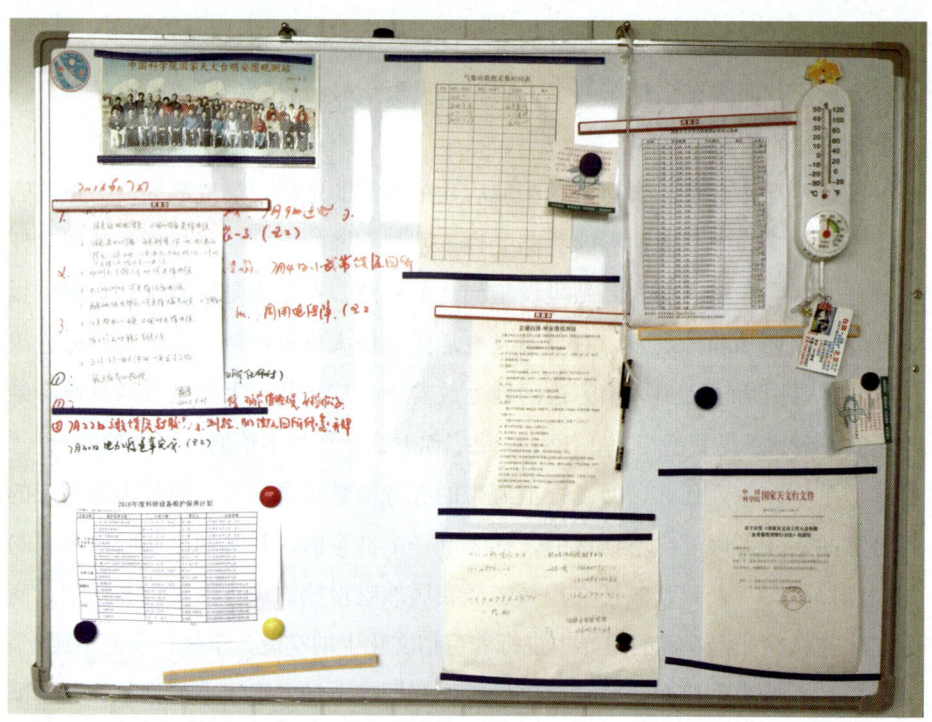

生活区白板（上面挂着排班表、通知等）

射电阵上方的星轨

的语言和文字不再有意义，我该向何处寻求意义？

　　月牙逐渐隐没在射电丛林背后的地平线以下，整个世界都被星光笼罩，夜风在低语，偶尔远处村镇的车灯一闪而过，提醒我尘世的存在。草原昼夜温差极大，呼啸的大风又剥夺了体感温度，我冷极了，裹紧冲锋衣回到了站内。任大哥已经熟睡，厨房亮着灯，我热了羊肉和奶茶，坐在厨房吃吃喝喝，听外面的风声。此刻我能够安然坐在温暖的小屋里吃羊肉喝奶茶，而不必忍饥受冻，全赖观测站老师的热心相助，可惜他们假期不在站上，不能当面道谢，唯有好好享用这个夜晚。

　　喝得身上热起来，又拉好冲锋衣的拉链推门出去。南边银河尽头小丘陵背后不时有闪电，和银河交相辉映，格外有趣——我知道头顶这片星光闪烁的夜空是这个端午节乌云密布的中国华北上空一块宝贵的云洞。这里纬度比南方高，所以大勺子和北极星也格外高，好像就在头上，伸手就能够到。相应地白昼在夏季也更长一些，大勺子逐渐从西天摆荡到北天底部，观测站小屋的上方，低低地悬着，口朝上，这是四点钟左右的星空，天已经亮了大半，太阳将出未出。

静听宇宙的声音
—— 走进中国天文台

草原上一片白茫茫的晨光，没有云。没有云的日出不好看，在外面来来回回跑了一夜的我折回小屋，和衣躺在为我准备的小床铺上，昏睡了过去。

我是被此起彼伏的鸟鸣吵醒的。昼寝是非常没有教养的，我很不好意思地蹩进厨房，厨房角落里的二向箔和被降了维的小老鼠不知道什么时候被收走了，任大哥已经做好了早餐，正吃着鸡蛋，看我来了笑说自己不会做饭，叫我别客气。我和任大哥坐着一起喝小米粥。任大哥是当地人，在工作站工作已逾6年，早在8年前就在那个干涉项目里做司机。"后来把我和两个大天线一起送给了观测站。"任大哥哈哈笑起来。观测站上的老师平时周一到站上，周五回北京，此外当地还雇了一名观测员，只负责一些数据的记录和监测工作。

两人聊了一会儿，吃完我把碗筷收拾了，任大哥便带我去主控室参观。主控室其实也简单，就是两台计算机和用来装数据的服务器。一台计算机负责高频，另一台计算机负责低频，服务器进行数据的存储和简单的处理。主控室旁边有个地下室，外面的信号接收器的数据就是通过地下埋设的光纤传到这里来。

频谱仪是利用综合孔径原理成像的，也就是我们在屋外看到的接收器。这个世界上的每个射电阵都有自己的排列规律，以达到最佳效果。走廊上挂着的平面图告诉我，窗外的综合孔径阵，是两个螺旋阵，低频的40个接收器和高频的60个接收器分别组成了两个螺旋阵，每个螺旋阵有3个旋臂，重叠在一起。

我这才意识到，窗外草场上看似凌乱散布的接收器，其实是有规律的，那是交叠在一起的两个螺旋。我飞奔出去，迎风站在这些接收器中间，恍然大悟。这些接收器高度各不相同，但细看只有两种——高的口径4.5 m，是低频接收器，频率范围在0.4～2 GHz；矮的口径2 m，是高频接收器，频率范围在2～15 GHz。它们可以在全频带上对太阳进行连续观测。两组接收器组成了两个同心的螺旋，旋臂离中心越远越分散，中心间隔最短5 m，最长3000多米，旋臂末端的接收器远在几千米之外的小镇的山丘上。我这么矮小的个体，站在他们当中，以我浅薄的智识，当然无法凭空参透它的形状，就像人类站在银河系的身体里，如何能够识得银河的真正面目？

任大哥出来，问我要不要去最远处旋臂的尽头看看。这个邀请太有科幻小说的风格，我怎能拒绝。我跟他走到屋后，那里有辆涂上了草原迷彩色的大卡车，任大哥跳上卡车，招呼我上来，我拼命拉门，任大哥从里面帮我把门锁打开，

第七章
明安图的星空——内蒙古明安图观测站

呼的一下车门就被大风刮开了,我迈着短腿奋力攀上高高的车厢,坐在副驾上,在一片军绿色的车厢中惊异地发现我的视野高出了很多。任大哥熟练地操纵风格粗犷的变速杆,发动了大卡车,我们遂在颠簸的草地上离开螺旋中心,开向旋臂尽头。

天已经浓云密布,大风挟裹水汽敲打车窗。一只花脸的黄鼬呆立在路边看我们开过来,任大哥揿了揿喇叭,它如梦初醒,拖着修长的身体跑进路边的洞里,刚钻进去又像想起什么,跑出来继续呆看我们,任大哥干脆停车,恶作剧地对它又揿了揿喇叭,它又钻进去,又跑出来看我们。如是者三。任大哥乐此不疲地和它玩了会儿,才继续开车爬坡。不时有铁丝和木桩简单搭成的栅栏拦住去路,任大哥又跳下车去开"门"。方圆数千米的螺旋阵的草地,当然不可能全部属于观测站,螺旋中心的一小块区域属于观测站之外,远处越来越稀疏的旋臂,只有接收器周围 4 m 宽的区域,是属于观测站管辖的。

我们离螺旋中心越来越远,站在螺旋尽头的最后一个接收器旁边,顶着大风和零星的雨点,看脚下已经变得有点小了的观测站,在绿草如茵的草原上,白白的接收器像散落的高尔夫球。

更远处有蠕动的羊群和翻滚的乌云。离得这么远了,才勉强看出接收器的排列规律,美妙的螺旋。

密云的综合孔径阵是"一"字形,美国的甚大阵是"Y"字形,明安图的频谱仪为什么是螺旋形?通过站上的介绍我得知,采用我们熟知的综合孔径技术,射电阵用多个天线接收源区射电辐射并进行两两相关观测,多种基线观测便得到了源所在天区亮度分布的多个傅立叶分量,最终通过傅立叶逆变换得到太阳射电源在不同频段(对于光球以上的不同高度)上的高分辨率亮度分布。但为什么是螺旋形呢?这个问题便是任大哥也答不上来的了。后来,在网上看到一位天文学网友介绍综合孔径望远镜排布的一篇文章,才算是解开了我的困惑。简单来说,综合孔径望远镜的阵列,不同的阵列获取不同的频率信息。随着技术的改进和理论的完善,它的设计也有其发展历程。我曾在密云看到的"一"字形综合孔径阵,是相对来说较早较简单的阵列。"Y"字形的甚大阵,则是改善过后的另一种。而我眼前这巨大的螺旋,则是目前可以说"近乎最优"的对数螺旋阵列,沿袭的是 MMA(Millimeter Array)的设计。

静听宇宙的声音
——走进中国天文台

明安图观测站模型

再仔细看,会发现每个接收器的基座高度都不一样,以适应地面起伏的变化,将接收器维持在相同高度。所有基座上都涂写着两个字母和一个数字。经过任大哥的解说,我也大概猜出了含义。起先我以为接收器有高频和低频之别,矮的接收器上第一个字母是H,高的则是I,想了半天,推测H应该是代表高频High-Frequency,I代表中频Intermediate-Frequency。第二个字母是A、B或C,分别代表三根旋臂,数字则是旋臂上每个接收器的序号。

风夹着雨噼里啪啦地打下来,我们又跳上车,沿着螺旋阵的小路回去。路过两座20 m大接收器,我们看着上面的鸟窝呵呵直笑,这里除了牛马羊和刚才遇到的黄鼬,还盛产乌鸦,个头大,叫声豪迈。任大哥说每年都要用起重机把自己弄上去捅鸟窝,村里人开玩笑说他是拆迁队的。我问,能爬上去吗?任大哥点点头,问我想不想爬。我想了想,有点害羞地说,算了吧。任大哥好像看出了我的心思,在高塔脚下停下车来。我不好意思地嘿嘿一笑,溜下车,在大风中噌噌地爬上20 m高塔——20 m指的是20 m口径而非高度,高度大概有三四十米了。风吹得铁梯晃动不已,整座高塔都在嘎吱嘎吱地呻吟。爬到大锅

第七章
明安图的星空——内蒙古明安图观测站

底部，被风吹得几乎站不稳。我低头一看，已然出了一身冷汗，像一只惊恐的树袋熊随便抱住什么，手不敢松开。成功下"树"，回到车上，任大哥对我说，大锅顶部馈源出故障的时候，他和同事也没少爬上去修。"害怕吗？"我问。"腿软。"任大哥老实地说。

说起频谱仪，包括 20 m 天线的高塔和明安图频谱仪在内，还有我曾经去过的密云射电阵和怀柔的太阳塔，任大哥也都去过，如数家珍。大草原上和观测站一起度过的孤独、漫长的 6 年时光，让任大哥也变成了站上的半个专家。以手所指之处，任大哥都能说上来门道："呶，观测站后面那两个小房子，是水井和发电房。我们站上喝的用的水都是水井里打上来的，有点浑，我们平时就用滤水器。发电房是柴油发电房……但我们也有专门拉的电网。"我指指观测站后面一个在建的堡垒一样的圆柱形房坯，问："那是啥？""那里是望远镜控制室，以后小平房里的设备就要移到那里了。"任大哥说。

》》》明安图的明安图

中午任大哥做了简单的土豆炒肉，我在外面捉蚂蚱玩。做好后我们正吃着，站上陈老师来电话，央任大哥去镇上看看有没有立式空调卖，要给机房添一个。任大哥应下来，转头叫我待在站里等他办事回来。我想在站里也无事可做，我正想四处逛逛，便央任大哥把我带上。于是两人高高兴兴开着小皮卡往镇上去也。

昨晚令星光通明的那个宝贵的云洞已经向西奔去不复回头，天上云朵像沾湿的棉絮盈盈欲坠，偶有缝隙，看得见碧蓝的天空，金丝一样的日光迅速梳过草原上每一根碧草。"原来阴雨天气还可以用这种方式打开啊！"这是我在微信群里展示照片时好友的评价。一直以来我们受够了上海的阴雨天气，好像整个城市都在云雾里，天空的色彩是毫无变化的铁灰，于是以为天下的阴雨天都是这样。但是你放眼草原，会发现就算是阴雨，那饱胀的云也是有层次的，在翻滚的，像山水画里的山峦，并不逊色于晴日的风景。其实上海的云未必不是这样，只是在上海，天空早已被高楼切割成几何形状，又怎能知道它真正的模样。

尼桑小皮卡开过成群的绵羊，大多都低着头一丝不苟地啃草，有啃草啃过

静听宇宙的声音
——走进中国天文台

了铁丝网的黑脸羊，模样绝似小羊肖恩，"肖恩"抬头看到我们，忙不迭撅着屁股往回钻，羊毛纷纷挂在铁丝网上，公路旁的铁丝网上到处挂着这样的羊毛迎风飘扬，形成一景，我乐不可支。还有挂着铜铃的当地土牛，带着小牛犊慢吞吞过马路，车开过来也不抬眼皮，车揿喇叭，才不情愿加快速度。原来这些牛羊的生活这么开心！我趴在车窗上流着口水，回头对任大哥总结道："怪不得草原上的羊肉好吃！"任大哥说："站上每年都要消耗村里七八十只羊。站上老师有时候找村民买一只，保温箱装好开车带回家；或者站上有访问什么的，来的人多了，干脆杀一只当场烤全羊。"烤全羊！我听得眼泪都快出来了！"那下个月星空大会，你们会烤全羊？""会吧。"任大哥说。我趴在车窗前，看着吃不到的小肥羊，哀怨地说："那个时候我大概在印尼。"

还有当地牧民骑电瓶车驱赶的马群，这是我第一次见到真正意义上的草原蒙古马。此前我只在上海的马场里看到过圈养的欧洲温血马，只有一匹个头矮小的杂交蒙古马叫踏雪，鬃毛脏脏的乱乱的，没什么光泽。马场里欧洲温血马是马场主人和骑乘者的宠儿，他们个头高大、血统高贵，且聪颖敏感，相对来说蒙古马体型矮小，价格也便宜，并不被现代马术比赛所重视。那匹叫作踏雪的蒙古马，因为我经常骑它，所以和它感情不错，然而也常常困惑于它对骑师口令的迟钝和漠然，开玩笑地叫它"驽马"。而我在这之前并不知道其貌不扬的蒙古马，在他们的家乡自由地奔跑时候，可以放出如此炫目的光彩，他们头颅高昂，说不出的俊美，肌肉像出自徐悲鸿笔下，没有一丝多余线条，棕色健硕的身躯散发出油亮光泽，黑色的鬃毛和尾巴在风中猎猎吹拂。虽然矮小，却并不妨碍姿势轻盈有力；他们成群结队奔跑起来的时候，像一幅流动的画卷，带着醉人的马蹄声和风声。

任大哥又笑我少见多怪，转而又说其他老师也是这样，刚来草原上的时候什么都新奇，草好看，云好看，牛羊好看。我说："真的呀，都好看，让我待一年我也愿意！"任大哥又笑了，问："当真待一年也愿意？""对呀。"我点头道，心里有句话没说——反正观测站有 Wi-Fi 的呀！

聊起去过的野外台站，原来任大哥也去过不少。去年任大哥就和颜老师还有陈老师一路开车开到了德令哈，他给我看他在哈拉湖拍的照片，雪山皑皑上有日照，构图简朴，却有说不出的趣味。任大哥说起这些的时候并不像是在谈

第七章
明安图的星空——内蒙古明安图观测站

工作,而是一个真正热爱天文台的人才有的口气。

两人兴致勃勃地说着各自去过的野外台站,车不知不觉驶入镇上,穿过镇中心,一个开着一些小店铺的街道。这个两万人的小镇布局稀稀松松,街上鲜有行人,有点像一个过年期间的三线小城,城里打工的人都回老家过年了,只留下一个简陋的壳子。我问任大哥:"人呢?年轻人呢?娃娃呢?"任大哥说:"都在家玩呢吧……"

这个小镇有一个汉医院,一个蒙医院,镇子北边有个小小的监狱。年轻人书读得好的,多数就上市里读书了。镇上也有现代风格的楼房,任大哥指着据说是镇上最好的几栋楼房说:"2000块钱一平方米,镇上最贵的。"任大哥自己并没有买楼房,而是住在平房里,我随他去家放东西,看见两间平房的天井里有棵漂亮的果树。任大哥说那是沙果树,到秋天能结100多斤果子,都送给亲戚和站上的老师。"特别甜。"任大哥认真地说。一听到吃的,我又可怜巴巴地流下了口水。任大哥笑说:"今晚咱吃沙葱包子吧。""那是什么?"任大哥比画了一下说:"就是细细长长的一种……像葱一样的东西……长在沙地里。""这里有沙地?""有啊,怎么没有,在白旗北边,叫浑善达克的地方……""那有骆驼吗?""有啊,在沙地里,这里草原上没有。"

我啰啰唆唆地问着,任大哥一边开车一边回答我的废话问题,最后在一个卖家电的小商铺门口停下,任大哥进去问空调,我在冷风中站了一会儿,也哆哆嗦嗦地进去了。他们用汉语方言聊着空调和天文台,似是很熟。回到车上我问任大哥:"他们都知道天文台?""当然。"任大哥说。我想起来之前和两位当地哥们儿的对话,说:"出了明安图似乎就没人晓得'天文台',只晓得'雷达站'!"

任大哥笑而不语,方向盘一拐,在一个巨大的雕像面前停下,我一看,呀,明安图。

这是蒙古族人明安图的雕像,这里是明安图天文纪念馆。蒙古族天文学家明安图是这片土地名字的来源。明安图是康熙年间人,生于蒙古正白旗常舒保佐领,即今天的锡林郭勒正白旗(正白旗和镶白旗合并成正镶白旗)。明安图青年时期就是钦天监的官学生——大概相当于今天科学院天文台的研究生,然后跟随法国人杜德美学习数学。他曾参与过重要天文书籍《历象考成后编》的编纂,并两次赴新疆测绘地图。他撰写的《割圜密率捷法》,是研究三角函数的重要著作。

看到明安图的巨大雕像我几乎雀跃,本来此行是计划去明安图纪念馆走一圈的,但以观测站为重,后来也没特地安排出时间来,没想到任大哥竟然带我来了这里。假期纪念馆并不开放,任大哥找到值班的老爷爷,老爷爷颤巍巍掏出钥匙,为我们拉开了电闸。昏暗的室内豁然一亮,玻璃柜里的陈年旧物像从沉睡中惊醒了。

纪念馆不大,展品也少,充斥一些图片文字。但明安图镇乃至整个正镶白旗与明安图,与天文台,与中国射电天文学的友情,都质朴地展示在了这里。

数万年前的这块蒙古高原上,已经涌动着最早的文明痕迹,有真正意义上的人,在这里活动,人们称之为大窑文化。8000年前这块土地上的人开始第一次和周围产生联系,在汉族的商周时期,这片土地上的人被称为鬼方。人们在这里游牧,逐渐并合成三大部落,月氏、匈奴、东胡。2000年前,匈奴人冒顿单于建立蒙古地区第一个国家。1000多年的分分合合,苍狼和白鹿的子孙蒙古人统一了蒙古地区,开启了蒙古的历史。清代统一漠南蒙古,在归附的蒙古各部落中编佐设旗,划定旗界。入关后,大规模设置盟旗,至康熙末年,共设置六盟四十九旗。清代时各旗会盟于锡林郭勒河,锡林郭勒盟由此得名。民国与察哈尔盟共属察哈尔省,中华人民共和国成立后撤销察哈尔省,划入内蒙古自治区至今。

位于锡林郭勒盟的正镶白旗是由历史上著名的察哈尔蒙古八旗正白旗、镶白旗及明安旗、太右旗的一部分合并而成。正白旗、镶白旗同时建于清天聪九年(1653年),后(1761年)归张家口都统管辖。民国三年(1914年)改为察哈尔特区,民国十七年(1928年)又改属察哈尔察北地区。民国二十五年(1936年)重新划属察哈尔盟,从此隶属察哈尔盟。1945年获得解放,建立了人民政权,当时正白旗辖18佐,旗政府驻哈那哈达庙(和硕庙),1947年迁至布日都庙。镶白旗辖16佐,旗政府驻巴嘎海力根(衙门诺尔)。1949年3月两旗合并为正镶白联合旗。1956年9月11日经国务院三十七次会议决定,将正镶白联合旗改为正镶白旗。并将原属正蓝旗扎格斯台苏木的西部、明安太右联合旗的宝力根陶海苏木和宝昌县二区(原属正镶白旗租银地)划属正镶白旗,形成现在的区域范围。1958年锡林郭勒盟与察哈尔盟合并,为锡林郭勒盟十二旗县市之一。

第七章
明安图的星空——内蒙古明安图观测站

正镶白旗的政府所在地，就在明安图镇。小镇因诞生了蒙古族著名的天文学家明安图而得名。2002年5月26日，经国际天文学联合会小天体提名委员会批准，中国科学院和国家天文台把编号为28242的小行星命名为明安图星。命名庆典在明安图镇举行。

这个小小的纪念馆，除了讲述明安图镇的历史和介绍明安图，有很大一部分都在充满热情地介绍小镇和天文的渊源。国家天文台赠送了很多纪念品给明安图，包括天狼的反射望远镜、北京古观象台的缩比例观象仪器模型等。还有一个观测站的缩比例沙盘。正镶白旗的标志，就是由明安图的字母缩写和星辰组成。小镇乃至整个白旗对天文的热情和熟悉都是超出我预料的。

离开明安图纪念馆，我突然想起一个问题，问任大哥："明安图镇的原名叫什么？"任大哥说："叫查干淖尔。蒙古语中是'白色的湖'的意思。"

"啊，白色的湖！哪里有白色的湖？我来到这里，看到草原丘陵，唯独没看到湖。"任大哥说："原来白旗旧区，有个小小的白色的盐湖，后来被填平，变成了广场。"

车又驶离这个平凡的小镇，开向大草原，风速有增无减，像头顶有无数匹蒙古马在飞驰。天边有蒙古建筑。任大哥说："那是准备那达慕大会的场地……你来得早了，再过一个月，草彻底长起来，那达慕就开始了。摔跤、赛马、喝酒、吃肉。蒙古人就爱看摔跤。我们汉人真的摔不过他们。"我脑子里已经开始想象自己坐在人堆里撕咬着羊肉看摔跤的情景。

天尽头丘陵上敖包的经幡被吹得漫天飞扬。我们下车迎着大风奔上丘陵，那里3个石头垒成的敖包并排矗立。任大哥说："要顺时针绕敖包三圈……"后半句被风刮走。我顶着风大声问："绕三圈怎样？"任大哥又说了一遍，又被风刮走，他便不说了，脸红红地笑起来。我真是打心眼里喜欢这个腼腆憨厚的白旗汉子，天真的淳朴和不计较。这几天我像跟屁虫一样跟着他问东问西，观测站的设备，明安图的历史，他都说得上来且靠谱，也不嫌我烦。回去后我查了一下，原来，绕敖包三圈是蒙古人的习俗，遇到敖包必下马下车，绕敖包顺时三圈，垒上一块石头。彼时我已在千里之外的南国，对着窗外连绵不绝的阴雨，也只能叹惋。

我们回到观测站，任大哥蒸上沙葱包子，我热了最后的两碗奶茶。任大哥买的是沙葱羊肉包子和沙葱嚼口包子。刚才买包子那会儿我在车上，看见店门

静听宇宙的声音
——走进中国天文台

口还有一堆羊皮。任大哥说那是刚杀的羊。虽然此行在白旗并未像在呼市那样吃到大块羊肉，但沙葱羊肉包子羊肉香味扑鼻，沙葱嚼口包子也是满口奶香，都是新鲜食材和最朴素的用心，是别处难觅的"正宗"，并不逊于我来之前苦苦追求的"大块吃肉大碗喝奶"。

天色尚早，我回程的火车到晚上才开。吃饱了包子收拾了碗筷，我坐在宿舍里整理行李，忽然听见任大哥说话的声音。起先我以为听错了，假期观测站没有别人，最近的村民也在几千米之外，但确实听见他在门口说话，而且对方像是个小孩。我走出去一看，发现任大哥兴致盎然地趴在窗户上，伸出手捧着窗户外面地上一只白狗的头说话，白狗仰着头一脸敬仰地听他说。

那是一只萨摩耶，在生态相对封闭的内蒙古，那居然是一只萨摩耶，有一瞬间我还以为是我家狗弟跟着我跑到这里来了（注：狗弟是笔者的爱犬，一只萨摩耶）。我欢呼一声冲出门去抱住了这只小狗。这只小狗也许在空无一人的大草原上待了太久，完全不知道用什么样的语言表示友好，又是吠叫又是嘶吼，和我滚在一起。

观测站的小白

任大哥介绍说这是村里一个在站上负责施工的朋友养的狗，平时也没有人管它，它经常来站上蹭吃的。只要有女生来它往往就吃得特别好，因为女生不吃肥肉，把肥肉都挑给它吃了。我想起羊八井天文台的小白，问任大哥："站上有养过狗吗？"任大哥说："曾经养过两只，一只饿跑了，一只不小心被车压死了，后面就没再养，只有这只小狗常常来串门。""它叫啥？"我问任大哥。任大哥害羞地说："没名字。"我偷偷笑了，其实我刚才听见任大哥叫它"小白"。小白小白，全天下天文台站的狗都叫小白。

第七章
明安图的星空——内蒙古明安图观测站

我和小白滚了半天，站起来朝前走的时候小白不知所措，就双爪抱住我的腿，牙齿咬住我的鞋不让我走，我那陪我去过绒布冰川的强悍登山鞋很快就沾满口水，不知道会不会多几个洞。我只好拖着它前行。和小白玩得不亦乐乎的时候又开进来两辆车。下来几个年轻的学生，彬彬有礼地和窗户前的任大哥说，他们是北京的学生，三年前来过这里夏令营，最近高考结束，想来拍点照片，能不能留宿一晚。任大哥摇头说今晚站里没有人，几个孩子非常失望，各自寻找地方去拍慢门了。其实也拍不到什么东西，现在正下小雨呢。我又没忍住幸灾乐祸，对他们说："你们昨晚来就好了！昨晚天气可赞了，我用手比画道，这边是银河，这边是木星月亮，那边有闪电！"他们怨怼地看了我一眼，各自散去，过一会儿听见车子发动的声音，孩子们走了。

好不容易热闹起来的观测站又骤然冷清回去。小白也不见了，我去屋后找它，它正翻越屋后堆着的建筑材料准备回家，听见我唤它，又奔下来扑向我。我和它玩了一会儿踢塑料瓶、捡塑料瓶的游戏。它似乎并不太熟悉怎么和人玩游戏，但很快就学会了，我们在风雨中玩了一会儿，最后我对它说："我要回屋了，你快回家吧。"它站在雨里，呆呆地看着我回屋——它不敢进屋的，大概站上的人从不让它进来。

我回到宿舍继续整理，突然发现桌上我杂乱堆放着的物件旁边放着一本蒙尘的精装书，正是纪念馆里有展出过的《蒙古族科学巨星明安图》。这本书几乎就是我这几天所见所闻的总结。不过毕竟是官作，除了明安图的传记之外，还有大量国家天文台和明安图镇政府的合作，明安图镇的命名，明安图小行星的发现，等等，除了开头看见朱进馆长穿蒙古袍讲话的照片令我忍不住笑了一会儿，其他内容都枯燥无趣，而且小错不断，很快我就看睡着了。

天黑下来的时候任大哥过来叫醒我，说要去火车站了。我很不好意思地从书上爬起来，任大哥看我在看这本书，说镇政府送给站里好多本，你若喜欢就拿去。我把书上的灰尘擦掉又放回去，跟着任大哥出了门。

头顶一点星光也没有，伸手不见五指，有雨点落在脸上，好像是星子在黑夜中陨落。任大哥在一片漆黑中发动了车子，我恋恋不舍地把大登山包扔到车后座，爬上副驾。任大哥把头伸出去喊了一声，小白。我说，小白回来了？任大哥指了指车灯光柱外说："那不是？"我又跳下车，围着车转了一圈，却没见到小白。我回到车上怅然若失。车慢慢开出观测站,我回头看,门口坐着个黑影,那是小白吗?它是知道我要走了吗?

任大哥送我到火车站,在站口我们就此作别。我不知道说什么好,心中充满了感激。这世间,总能遇到倾盖如故的人。

我裹着羽绒冲锋衣一个人坐在小站里候车,这里冷得不像夏天,我困了。脑海里迷迷糊糊飞过这几天的所见所闻所吃。和想象中有点不一样,但并不逊于想象。没有执着于星空却求仁得仁。我愈加珍惜每一次独自旅行,只有独自旅行时才不苛求看到满天繁星。我固然为着星空而去,但星空也好,日像仪也好,蓝天白云大草原也好,它们落在我眼底,都令我欢喜。

圆:五塔寺的蒙古文天文图石刻

这辆夜车从白旗开往呼市,到呼市正好是清晨。我睡得很好,早上被乘务员唤醒,事先把冲锋衣塞回登山包,恢复排汗短袖衬衫的装束。果然,虽然还没到六点,日头已经擦着地面照过来,拂着我干裂的脸,暖洋洋的,好像从冰箱里拿出来解冻,我的血槽又满了。我从寄存处取了我心爱的小刀(我随身携带的瑞士军刀超过了铁路局规定的长度,没能带上开往白旗的火车,寄存在火车站了),背着大包去找稍麦吃。来内蒙古之前,呼市的朋友给我推荐了他们家乡的羊肉稍麦,我听了非常神往。稍麦者,烧卖一声之转。而羊肉稍麦,我还从来没吃过!我心无挂碍地在晨光里走了一会儿,随便找了一家不起眼的冷冷清清的小店坐下,老板娘一边为我倒了砖茶,一边用方言问我吃几两。我用常识衡量了一下,要了二两。老板娘说,你吃不掉吧?我虽然

羊肉稍麦

第七章
明安图的星空——内蒙古明安图观测站

疑惑但还是依言要了一两。过了一会儿老板娘端上来满满一笼屉，至少有半斤。后来才知道，北方只说皮子的分量。若是按照二两来点，我要兜着走了。笼屉里端端正正摆着的几个稍麦，皮子薄如绢纱，被不知谁的巧手轻轻一捻，就像花朵一样轻轻地绽开了。有那么一瞬间你会觉得这是南方的风格，但一口咬下去就会被纠正过来，皮子在口中破裂，浓郁得化不开的羊肉香气汩汩地漏出来，羊肉没有切成碎，保留了块状，每一次咀嚼都感觉出韧劲的纤维和筋腱，是的，这里是内蒙古，纵横恣肆的内蒙古啊。

吃饱喝足，正是七点多，一座城市苏醒的时间，丁零的自行车铃声伴随晨光一并从四周涌过来，我乘坐公交车到五塔寺。

五塔寺其实是慈灯寺。"五塔寺"是呼和浩特人对慈灯寺的俗称，盖因内有一座金刚座舍利宝塔，塔座上有五座方形小塔，当地人俗称为"五塔"。慈灯寺建寺于清雍正时期，当时的呼和浩特，还叫归化城。清末期慈灯寺逐渐荒废，只剩下殿后的金刚座舍利宝塔。中华人民共和国成立后，建筑学家梁思成和作家叶圣陶来访，对宝塔艺术价值评价颇高，才引起重视。到2006年，慈灯寺遗址复原竣工。

五塔寺内的转经筒

静听宇宙的声音
——走进中国天文台

壁画上的讲经图

金刚座舍利宝塔塔身

早晨八点钟的五塔寺几乎没人，只有几位正洒扫的工作人员。我背着大包捏着票路过第一道门，那里有四大天王。汉传佛教和藏传佛教都有四大天王，门闩上挂着的五彩结绳毫无疑问地提醒我，这里是藏传佛教的寺庙。

庭院很静谧，清晨的日光透过树叶照下来，把古老的建筑照得透亮。我跨过门槛，一众菩萨塑像皆低眉看我，令我不敢与之对视。小时候的我是喜欢和菩萨像对视的，猜他们在想什么，猜自己如果乖巧点，他们会不会叫我奶奶给我糖吃。壁画也有意思，很多是活佛给穿蒙古袍的人讲经。正上方写着藏文。

又跨过几座庙堂，就到了最后的金刚舍利宝塔。塔约两三层楼高，乍看上去像镂空，细看发现上面密密麻麻雕刻着佛像和藏文的佛经，晨光一照，通体繁复精致，无怪当年被梁思成盛赞。如今它镶嵌在周边民居中间，一片安宁如俗世，鲜有打扰的来客。正是，唯有王城最堪隐，万人如海一身藏。

转到金刚座舍利宝塔背后，山墙上镶嵌着三幅圆形石刻图，第一幅是六道轮回图，以图解释佛经中所说的世界众生如何在"六道"中

第七章
明安图的星空——内蒙古明安图观测站

轮回升沉，不得解脱，用蒙古文加以注释。第二幅是须弥山分布图，以图说明佛教说的人类居住世界中心须弥山及其上界和四周的分布。第三幅就是我今天来到这里的最终目的：蒙古文天文图石刻——现存唯一一幅蒙古文的天文图。

说起天文图，一般人先想到的大概都是北宋时期的苏州天文石刻，知道蒙古文天文石刻的人甚少。这个地方太隐蔽了，如果不是事先知道，我根本不会想到宝塔背后还有秘密。年代已久，上面已是斑斑驳驳，只能看到密密麻麻的星点和黄道圈，以及蒙古文星名标注（明安图纪念馆中保存有它的纯银复刻品，更加清晰）。这幅天文图据推测是明安图所作，也是蒙古族人为之自豪的一个天文学纪念碑。

除了用蒙古文写就之外，这一幅天文图的另一个特点是，它是俯视图。这是否和蒙古人的世界观有关？我不愿做不能证伪也不能证实的推测，每个民族都以他自己的方式仰望星空。这是明安图的星空，这是内蒙古的星空。

阳光透过舍利宝塔的缝隙照了几丝在石刻上，斑驳的星点好像被赋予新的生命，灰尘在跳舞。这里没有观众，只有一个过客。现在过客也要乘达达的马蹄离开了。蒙古文天文图石刻是此趟端午节明安图之行的终点，我两手空空，却满载而归。

满载一船星辉，在星辉斑斓里放歌。

> **链接**
>
> #### 明安图射电频谱日像仪
>
> 明安图射电频谱日像仪为2009年财政部立项批准的国家重大科研装备研制项目。2016年7月，由财政部支持、中国科学院国家天文台主持研制的国家重大科研装备研制项目"新一代厘米-分米波射电日像仪"通过了由5位院士及美国教授等国内外著名专家组成的验收组验收，并被命名为明安图射电频谱日像仪——MUSER。
>
> 项目所研制的射电日像仪具有在超宽频带上同时以高时间、空间和频

率分辨率观测太阳的能力，是国际太阳射电物理研究领域的领先设备，为耀斑和日冕物质抛射等太阳活动研究提供了新的观测手段，将极大促进太阳物理和空间天气科学的发展。MUSER 的各项指标均达到或优于国际先进水平，主要创新点包括：采用宽频带线极化馈源加 3 dB 电桥移相器，自主研制了具有世界先进水平的高性能超宽带双圆极化馈源；通过一系列先进技术应用和创新性的系统集成实现多通道幅相一致性和稳定性；通过解决宽带信号信道化的高效算法实现、高速延迟补偿与条纹旋转实现技术和多通道信号采集同步和相位稳定等关键技术，研制成功国际最大规模的太阳射电观测高速相关处理阵列。

太阳剧烈活动研究是太阳物理的重要方向，是我国《国家中长期科学和技术发展规划纲要（2006—2020 年）》在学科发展和科学前沿中部署的主要研究领域之一。MUSER 的研制成功将填补在太阳爆发能量初始释放区高分辨射电成像观测的科学空白。

MUSER 的研制过程备受国内外同行的高度关注。Science 曾在"科学纵览"头条介绍了 MUSER 的研制进展，称"中国正在建设一双地球的新耳朵来聆听我们最近的恒星"。在 2015 年中国科学院对国家天文台的"一三五"国际诊断评估书中认为："国家天文台在包括太阳天文观测等 3 个方面的工作都是世界级水平的。中国射电频谱日像仪作为世界最好的太阳射电观测设备，其研制成功代表了现代射电日像仪的跨越式进步。可以期望至少未来十年，它将是最重要的该类太阳专用设备，中国太阳物理界将在这方面取得国际领导者的地位。"美国 G. Verschuur 教授在 2015 年施普林格出版集团出版的专著 The Invisible Universe: the Story of Radio Astronomy 中专门介绍了 MUSER 的特点，指出"世界上其他地方的太阳射电天线都是设计来或者研究爆发的频率漂移或者爆发位置，而中国的射电频谱日像仪则两者都做。因此，在它的命名中，频谱表示能够观测爆发的频率特征，日像仪表示能够对日面上的位置变化进行成图。" 2016 年，欧洲太阳射电研讨会主页显示："空基和地基射电观测的互相配合，以及 Solar Orbiter, Solar Probe+，新的未来射电装备 ALMA、E-OVSA、EVLA、

第七章
明安图的星空——内蒙古明安图观测站

LOFAR、MUSER、SKA 与欧盟频谱日像仪等研制和观测,将为学术界提供发现激动人心的新科学机会。"

资料来源：http://www.bao.ac.cn/gcsb/201707/t20170712_4832276.htm。

明安图观测基地

明安图观测基地于 2008 年 9 月 9 日奠基,2010 年 1 月 29 日国家天文台发文（国天发字〔2010〕14 号）成立。基地位于内蒙古自治区锡林郭勒盟正镶白旗境内,地处草原,四周有丘陵环绕。观测站站址地理坐标为：东经 115°15′,北纬 42°12′,海拔 1365 m。国家天文台承担的财政部重大科研装备研制项目"新一代厘米-分米波射电日像仪"在明安图观测站实施建设,计划 2015 年 7 月竣工并投入观测运行。另外,还有两台 20 m 口径的射电望远镜。总征地面积 8.2425 公顷,分 3 个功能区——办公生活区、观测区和天线阵。

北京至明安图观测基地全程约 380 km,开车约 5 个小时。从白旗至观测站约 30 km。明安图观测基地距离最近的移动通信基站直线距离约 10 km。明安图观测基地建设项目的规划方案已上报院基建局,并根据规划方案完成观测区和生活区各单体的平面、立面和剖面的初步设计。

中国厘米-分米波射电日像仪是一个由百面天线组成的天线阵列,是具有高时间、高空间、高频率分辨率的新一代太阳专用射电望远镜,可以在厘米-分米波段通过综合孔径成像方法得出太阳图像,观测太阳活动的动力学性质,并期望在探测日冕大气方面取得原创性成果。

日像仪系统主要包括天馈子系统、模拟接收子系统、数字相关处理子系统和图像处理子系统等。通过观测太阳,对日面进行多层次观测,根据观测太阳活动的动力学性质,探测日冕大气,从而了解日冕大气的动力学过程。具体的科学目标包括：瞬变高能现象、日冕磁场、太阳大气结构、太阳耀斑和日冕物质抛射的源区特性。

资料来源：http://astrocloud.china-vo.org/s/static/mingantu/muser.html。

静听宇宙的声音
——走进中国天文台

明安图

明安图（1692—1763年），字静庵，蒙古正白旗常舒保佐领（今内蒙古锡林郭勒盟正白旗）人。清代天文学家、数学家。

青年时期被选入钦天监为官学生，学习天文、历法和数学，又从法国人杜德美学习牛顿的3个无穷级数展开式。康熙五十一年（1712年），随康熙皇帝往承德避暑山庄，回答科学问题。又参加了《律在渊源》的编撰工作，两次赴新疆测绘地图。康熙六十年（1721年），任钦天监五官正。乾隆二年（1737年）参加编修《历象考成后编》。乾隆十六年（1751年）辛未翻译科进士。乾隆二十四年（1759年），升任钦天监监正。卒于乾隆二十八（1763年）年。其所著《割圜密率捷法》四卷，是研究三角函数的重要书籍。明安图在书中最早发现卡塔兰数。

2002年5月26日，在明安图的家乡明安图镇举办"明安图的科学贡献"研讨会，有500多位学者和20 000名当地居民参加，会上宣布将第28242号小行星命名为明安图。

资料来源：https://zh.wikipedia.org/wiki/%E6%98%8E%E5%AE%89%E5%9C%96。

慈灯寺

慈灯寺，俗称"五塔寺"，位于内蒙古自治区呼和浩特市玉泉区东南部的五塔寺后街，是一座藏传佛教格鲁派寺院。

清代雍正五年（1727年），小召喇嘛阳察尔济任归化城副扎萨克喇嘛时，在他担任年班扎萨克喇嘛（掌管行政权的喇嘛）向朝廷汇报时，他呈请朝廷修建小召的属院。该属院于雍正十年（1732年）建成，清廷赐名"慈灯寺"，并赐予写有蒙古文、藏文、汉文3种文字的寺名匾额。寺中的"金刚座舍利宝塔"，当地俗称"五塔"，蒙古语名的汉语音译为"塔布斯普尔罕"，清代雍正五年（1727年）开始建造，落成于雍正十年（1732年）。

慈灯寺原来占地面积1.35万 m^2，有三进殿宇，每进院子都有正殿，两侧有配殿、厢房、耳房等。每年农历除夕，呼和浩特城内外各召庙都会选派

第七章
明安图的星空——内蒙古明安图观测站

喇嘛来到慈灯寺门前的广场上，身穿盛装，头戴面具，在锣鼓、大号、笙管、铙钹等乐器伴奏下，举办跳"恰木"活动，以庆祝丰收、祈福消灾，保佑来年风调雨顺。农历正月十五日元宵节夜间，慈灯寺在寺中的"金刚座舍利宝塔"和玲珑短墙上每隔咫尺便点亮铁铸莲花灯，使该塔通体放光。

光绪十二年（1886年），阳察尔济三世圆寂后，寺中没有了活佛，喇嘛都返回小召，慈灯寺逐渐荒废。当时到过呼和浩特的旅行家记载："此寺现已全废，喇嘛无一人，各所均极颓败。"到20世纪60年代末，殿宇已经全部无存，仅余殿后的"金刚座舍利宝塔"。

1961年9月，建筑学家梁思成与作家叶圣陶等人来到呼和浩特考察。梁思成对"金刚座舍利宝塔"精美的建筑艺术评价很高，叶圣陶等人也交口称赞。

1962年起，设兼职保护员，以保护"金刚座舍利宝塔"。1977年，国家拨专款修葺该塔；同年呼和浩特市文物管理所成立后，开始对该塔建立资料档案。1982年成立五塔文物保管所，并树立保护标志。1988年1月13日，"金刚座舍利宝塔"被公布为第三批全国重点文物保护单位。

2006年7月12日，慈灯寺遗址复原工程竣工。慈灯寺复原工程是由呼和浩特市人民政府投资800多万元兴建，依据历史文献、照片、资料，并结合遗址考古发掘成果开展复原设计。该工程于2006年3月动工，工程项目包括围墙复原、二进院大殿复原、三进院大殿复原、6座东西配殿复原、古井厅复原等。复原之后的慈灯寺依照藏传佛教仪轨布置各殿，到2006年7月竣工时，寺内共塑有13尊佛像。据内蒙古自治区文物局人士介绍，复原之后的慈灯寺是内蒙古自治区首个在原址复原的古建筑群。

金刚座舍利宝塔

"金刚座舍利宝塔"用砖砌石料镶边包角，通高16.5 m，形制和北京的真觉寺金刚宝座塔相近，同为金刚宝座式塔。5座平面呈方形的密檐式塔及罩亭分列在高大的金刚座上。金刚座则承托在一个用莲瓣装饰的须弥座上。

该塔南门正中的券门两侧雕有四大天王像，上面有迦陵频伽、狮子、神马等图案，券门上方镶嵌着用蒙古文、藏文、汉文镌刻的"金刚座舍利宝塔"汉白玉匾额。金刚座下的须弥座束腰间并列着砖雕五佛坐骑狮、象、马、孔雀和迦楼罗，以及宝瓶等七珍图案。

金刚座平面呈"凸"字形，共有7层：第一层上有蒙古文、藏文、梵文3种文字刻写的《金刚经》；从第二层到第七层的檐下布满佛龛，每个佛龛内有一尊鎏金佛像，共有1119个佛像，姿态各异。

从该塔南门进入塔内，登上螺旋式楼梯，可以到达金刚座上的平台，出口处有一方形琉璃罩亭。金刚座上为5座平面呈方形的密檐式塔，均带绿色琉璃挑檐。中央一塔为大日如来宝塔，共有7层，高6.62 m，塔座周围有浮雕，刻有一对佛足。四隅的4座塔均为5层。座小塔的一层均嵌有一佛、二菩萨、菩提树、景云砖雕，二层以上为千层龛。

金刚座后面的山墙上，镶嵌着三幅圆形石刻图，分别是天文图、须弥山分布图、六道轮回图。六道轮回图以图解释佛经中所说的世界众生如何在"六道"中轮回升沉，不得解脱，用蒙古文加以注释。须弥山分布图以图说明佛教说的人类居住世界中心须弥山及其上界和四周的分布。天文图由八块汉白玉拼砌而成，直径1.445 m，内规圆径18.3 cm，赤道直径51.4 cm，黄道直径73～76 cm，以蒙古文加以注释。图中表现的赤道坐标盖天图，以北极为圆心，放射出28根经线，其上标出二十八星宿，并做5个同心圆以分别表示天的北极圈、南极圈、夏至圈、冬至圈、赤道圈，此外还标注了黄道二十四节气、十二支十二宫，图下方刻有长方形的图例、标星等。此图是研究中国清代天文学史的重要实物资料。蒙古文题铭上记述，这幅天文图是雍正三年（1725年）根据钦天监制定的天文图刻制的。此为中国现存唯一以少数民族文字标注的石刻天文图，也是世界上现存唯一一张以蒙古文标注的古代星图。

中华人民共和国成立后，考古工作者曾对该塔进行考古挖掘，发现该塔的地宫有一个石门可以打开，但是有地下水冒出。为避免挖掘引起塔体坍塌，也因为缺少地宫的建筑设计图纸，所以此次挖掘未能继续。从塔名中有"舍利"这一点看,佛教界人士认为该塔保存有"舍利"。民间传说,该塔的舍利可能是三世达赖的舍利。1586年,三世达赖到呼和浩特讲经,并圆寂于正蓝旗。也有人认为,该塔的舍利可能是三世达赖的"法身舍利",即其生前用过的衣物或经卷等,其真身舍利可能供奉在西藏。

"金刚座舍利宝塔"与印度的佛陀伽耶式塔属同一类型,为金刚宝座式塔。这种类型的塔在中国有5座,分别位于北京真觉寺、碧云寺、西黄寺,云南昆明妙湛寺,呼和浩特慈灯寺。

资料来源:https://zh.wikipedia.org/wiki/%E6%85%88%E7%81%AF%E5%AF%BA。

第八章

南山上的来客
——访新疆天文台南山观测站

第八章
南山上的来客——访新疆天文台南山观测站

▶▶▶ 天网：南山 VLBI 射电镜

飞机在乌鲁木齐落地的时候，这座北疆城市于几天前刚结束一场大雪。我从舷窗向外看去，她还没从大雪中完全挣脱开来，积雪寸余，阴云密布。机舱广播友好地播报："乌鲁木齐地面温度，零下五摄氏度。"我走出机场，站在室外，第一次站在新疆的土地上，在呼出的白气中好奇地看着这个城市，在微信群里给朋友发了个短信："零下五度好像也不是很冷。"然后我的旧手机就在低温中自动关机了。

此行我与就读亚利桑那大学的天文系博士生 Karlan 一同去位于乌鲁木齐县甘沟乡南山的新疆天文台南山观测站拜访。虽然头顶看不到一寸蓝天，但以我们心无挂碍的个性，仍旧在落地后快乐地吃了一顿大盘鸡，在乌市住了一晚，等第二天早晨搭乘天文台的班车上南山。

清晨细雪飘拂，我们把自己包裹得严严实实，推开旅馆的门，还是被冻了个不轻。天还没有亮，路灯下飞扬的雪尘有如童话剧里的造景。班车从市内天文台出发，向西驶向南山。开上高速后窗外风雪越紧，车行越慢，远处雪山上刚刚露头的朝阳在雪雾中变成模糊的一团光影。司机很开心，说这个风大概有七级了吧！说完打开手机拍了一张车前风挟裹雪扑向车窗玻璃的照片。

中巴车上大部分人在睡觉，和我们一起在天文台门口赶上班车的小哥是当地的研究生，Karlan 和他聊了一会儿在做的领域。其他大部分人都在安静地睡觉。无人的座位上放着几块蓝色海绵，一面被剪出排列整齐的尖锥。Karlan 贱兮兮地说给我个 quiz（测试），问这些海绵做什么用。我试着说了几个，器材缓冲之类，都不对。Karlan 告诉我说，这是在测量射电信号接收系统的喇叭馈源波束的方向图（Beam Pattern）时，减弱环境背景噪音影响用的。大部分射电噪音会在这些海绵尖尖的侧面来回反射，最终被吸收，基本原理和录音棚里墙上的消声海绵一样（形状也很像），只不过这里吸收的不是声波，而是波长

静听宇宙的声音
——走进中国天文台

很长的电磁波。

我天生自带晴天技能，故即便是这样六七级风雪，也未有焦躁。果然车开上南山后，风声渐悄，不一会儿竟然就云开雪霁。我擦擦被水蒸气附着并结冰的玻璃窗，镜子一样的蓝天和洁白的雪盖就露了出来。

我们在生活中心卸下行李，暖气烤得热热的。做了简单的介绍，我们被安排到小小的暖暖的一间客房。这里每天都接待着来自不同地方的科学家。客房小铝窗外就是深深的白雪和纯净的蓝天。那真是令人上瘾的纯净颜色，我想融化在里面，可它太澄澈，抬脚踩一个脚印都不忍心。

白雪返照日光分外炫目，我们戴好墨镜才敢出去逛。宿舍楼的对面就是莽莽雪山，其上有皑皑白雪和苍苍松林，有如秘境，百看不厌。生活中心门口观景台旁边，积雪的空旷场地上有两架天线，我踩着没膝深的雪靠近，才看出一架是人造卫星多普勒测速仪，还有一架是 2 m 太阳射电望远镜。这两架设备，都是退役后将天线部分搬到此处，作为展览和纪念。白色的天线快要消融在雪的背景里了。望远镜都会有退役的一天，但也有别的方法记住它们，比如这种。

JSZ-4 型人造卫星双频多普勒测速仪（天线部分）

VLBI 26 m 望远镜侧面

  我正看着,身后响起巨大的响声,不用说,一定是 VLBI 26 m 射电镜在转动。我手舞足蹈地示意远处的 Karlan 也过来看。从 VLBI 的转动能看出,它的底座是地平式的——靠近地面的底座可以水平 360°转动,向上有一个半圆支架,目测最大可以 180°俯仰。"这种大射电镜一般都是地平式的。"面对我自以为是的卖弄,Karlan 心平气和地说。

  这面 26 m 射电镜在我痴痴的仰望中开始了优雅灵活的颈部广播体操,背对着我们上下左右扭了个遍,像一只炯炯有神的猫头鹰。

  观测站内当然不止这一面镜子。放眼望去就有七八个建筑,球顶的就有 5 个。院外就是山民养的牛马,一边站在雪地里咀嚼一边看着院内的我。我们沿着人在雪地上行走的痕迹往前走,看见几个男生正举着一个尖尖的设备四下探测。

  我们凑上去,几个男生里恰有一位是负责 VLBI 26 m 镜子的技术人员刘老师,上山之前多亏站上的宋老师引荐,准备下午找他参观实验室。互相认识之后,话也多起来。我们一边跟着前面两个正探测着的男生往前走,一边聊着这里的设备。

静听宇宙的声音
——走进中国天文台

26 m 射电镜对于电磁辐射非常敏感，也常常受到其他辐射源的干扰。这也是为什么这里没有手机信号，当然也没有 Wifi 的原因。然而，除了大自然内无处不在的微量辐射，其他来源不明的辐射也总是存在，这两个男生就是在用设备查找不明的干扰源。

比如，刘老师指着路边两座其貌不扬的小房子说："那两个房子，左边的是北斗监测站，右边的是 GPS 数据接收系统。这两个站都有可能是干扰源。不过暂时不太可能把这两个站关掉啦。"原来声名赫赫的北斗和 GPS 在这里都有监测站，我心生敬仰，那看起来只是两座普通的小房子，左边的头上长着一个天线，右边的则顶着个小球，立在雪里倒也相映成趣。

沿路还能看见许多望远镜的球顶，像堆在雪地里的雪球。刘老师一一介绍，门口的是科普中心的公共望远镜。刚刚走过去的是太阳色球望远镜。远处一左一右，分别是 80 cm 和 1 m 的光学望远镜。西北角那个，是 120 cm 的量子通信卫星的地面站。——是的，就是大名鼎鼎的墨子号，世界首颗量子科学实验卫星。

寻找干扰源（一）

第八章
南山上的来客——访新疆天文台南山观测站

用以量子通信研究的望远镜,我在青海德令哈和河北兴隆都看到过,此外云南丽江还有一个。

东南方还有一个炮楼一样的建筑,圆柱体,周身都是拉帘覆盖的窗户。刘老师介绍说:"那是光学望远镜组,每扇窗户后面都有一架光学望远镜,这个光学望远镜组用以巡天。"何止外形像炮楼,功能上也像——楼内的望远镜组绕楼一周,可以360°瞄准天空,稍稍脑补一下即可知,这种望远镜组基本可以叠加覆盖全天范围。Karlan 说:"该系统应该主要是用来寻找超新星的。"由于超新星的出现位置很随机且往往比较明亮,所以大视场的小口径望远镜在发现这些瞬变天体方面更有优势。

这里的作息遵照东六区的习惯,两点钟吃午饭,我们怀揣十二点钟的胃挨到下午两点,和一群科学家、工科男一起在食堂吃了大锅饭。北疆汉人的菜色甚合我口味,大火快炒,浓墨重彩,盛了满满一大盆,一边听他们围桌讲各自做的东西,插不上嘴就大口扒饭。饭毕我们就去了 VLBI 的实验室。

VLBI,是 Very Long Baseline Interferometry 的缩写,甚长基线干涉测量技术。我在密云水库的米波综合孔径射电阵那里看到过这位 VLBI 26 m 射电望远镜的同伴,另一位 VLBI 成员,VLBI 50 m 射电望远镜。它们利用干涉原理,和上海的 VLBI 25 m 还有昆明的 VLBI 40 m 一起,组成了一张相当于口径 3000 多千米的综合孔径望远镜,为中国探月工程立下赫赫功勋,为嫦娥号精确测轨,保驾护航。

然而,和刚才提到的中国 VLBI 网络的另外 3 位成员有一点不一样的是,除了中国的 VLBI 网络,南山观测站的这座射电镜,同时也加入了欧洲的 VLBI 网(EVN)、俄罗斯的 VLBI 低频网(IVS)和东亚的 VLBI 网。

刘老师带我们来到控制室,窗外就是北疆的日光和雪中的 26 m 镜。几位射电科学家正在测试,不明的辐射源仍在困扰着他们。经过刘老师的提醒,我注意到这里的桌子柜子都不太一样。摆放计算机的桌子前后都加上了金属隔板和过滤器,缆线插孔也是特制。一门之隔的数据处理中心,存放硬盘的数据采集系统的机柜,大部分都放在巨大沉重的铸铁柜子中。为了避免电磁辐射的干扰可谓煞费苦心。然而辐射干扰总是有,更何况 26 m 是那么灵敏的一架望远镜。

静听宇宙的声音
——走进中国天文台

VLBI 数据采集系统

铸铁柜子（可以减少灵敏的 VLBI 射电望远镜受到的辐射干扰）

除了为探月工程服务之外。这架射电镜同时担负着脉冲星研究和厘米波分子巡天等任务。说到巡天，百米外 26 m 的旧址如今正在复原当初的 25 m，打算做成只能俯仰的射电镜，用以巡天。

从 1957 年最早在南山建立人造卫星光学观测站至今，乌鲁木齐南山观测站经历 60 载的变化与发展，变成现在这样，拥有大大小小 10 余座光学和射电望远镜，承担着多项观测研究任务。包括眼前这座霸气十足的射电镜，原计划的口径是 25 m，后来改到 26 m。就是我眼前的这座。

26 m 射电镜当然也不仅仅只做 VLBI 的任务，脉冲星的观测和星际分子谱线研究也一直是实验室研究的重点。我们在实验室里看到的躲避在铸铁屏蔽柜里的各种机柜，为调谐射电镜波段而设，可以满足各种观测需求。而窗外阳光下的天线系统，经过改装后，更是无须人力调节馈源舱和副面，一切都可以在控制室内完成。

第八章
南山上的来客——访新疆天文台南山观测站

VLBI 26 m 望远镜（分子谱线巡天和脉冲星研究的好手）

▶▶▶ 南山的夜晚

  控制室内的几个科学家又站起身带着仪器出去找干扰源了，刘老师和他们一起。我们自己四处转去。除了人走出来的路，四下都是数尺厚的积雪。天色暗下来，金星开始生辉。落日照在周遭群山顶上，粉色的金星带也渐渐显现，与日照金山的景象相映，美得冷酷无情。白色的巨大射电镜在雪山背景下消隐得几乎只剩下轮廓，呈现出刘慈欣笔下红岸基地的神秘风格。似刘慈欣，又更似更博大更悠远的苏轼。寄蜉蝣于天地，渺沧海之一粟。

  日夜交替时分，远远望去，各个望远镜的小楼里开始走出三三两两的人影，散落在白白的雪地里，看不见的磁场导引着站内的观测者们，在一片洁白中向生活中心汇聚。观测站外的牛马不知道什么时候已经不见了，大概已归圈。视线越来越暗淡，金星越来越亮。

静听宇宙的声音
——走进中国天文台

寻找干扰源（二）

吃完晚饭后再次推门出去，扑面而来的除了刺骨的夜风，还有巨大明亮的猎户。啊，又见到了，多久没见到了，闪烁的密布的星子！我大吸了一口气，把冰凉的空气连同飞舞的雪花还有冰晶的星子全都吸入鼻腔，摇头晃脑地开怀了。

这里距离乌鲁木齐市区大约 60 km，没有光害不可能，东北角还是会有少许黄色灯光打亮薄云。但这绝佳的空气条件已然秒杀了苏浙沪地区，星星像被擦洗过一样，轮廓清晰地发着青白色的光。

面朝猎户，身后又发出轰鸣，26 m 大射电镜又在星空下转动了。在观测站看星空总有读科幻小说的感觉。像孩童一样，踮着脚，竖着耳朵，竭尽所能地趴在围墙上，试图看清听清外面的世界。宏大又惆怅。而在南山，在乌鲁木齐，在新疆，在广袤的西域，这里又给我陌生的感觉。这种陌生感觉悠远微妙，难以名状，好像自己刚刚存在过，好像自己即将启程，去到未知的地方。

另一种感觉就是冷。这里北纬 43°多（比沈阳高），天鹅座在冬天也不会落下去。这里深处大陆腹地，中温带大陆干旱气候，冬季严寒，昼夜温差大，

冬季淡淡银河下正忙碌着的 VLBI

更何况还是海拔 2000 m 的南山。

零下二十度。

我照例和以前一样里面保暖外面防风，把自己包裹成一个球，在室外滚来滚去。VLBI 24 小时有人值班，路过的工作人员看我们在路边拍照片，也凑过来看，问我们："用这个就能看到银河吗？"我们抬头看看天上淡淡的点缀着亮星的冬季银河，笑答："能，就像它现在挂在天上的那样。"

天文工作者和天文爱好者之间的交集并不算非常多。像 Karlan 这样，从小时候的天文爱好者成长成为一个纯正的天文系学生的例子其实也本非常态。如 Karlan 自己所说，天文爱好者不必知道红移、AGN（活动星系核）、不同波段的区别；同样的，天文工作者中找不到北极星的也很多。

毕竟和这辽阔的世界比起来，我们所知道的，有如苍茫天地间悄然落在脸上的一粒雪花，很快就消融，不留痕迹。

从观测站回到乌市不算轻松。往返市内天文台和观测站的班车隔天才有，我们昨天坐班车上山，今天必然没有车下山。只能自行走下山，走到 6 km 外的

金星带

甘沟乡，乘坐两小时一班的大巴到达市内。要赶上下午一点半的飞机，意味着我们必须搭乘最早的一班，早上九点的大巴——那时候天还没亮呢。

我们六点半收拾整齐背包徒步下山，整个观测站一片阒寂，只有 26 m 镜的控制室还亮着灯。传达室大爷连床也没起，远程遥控为我们打开大门。我们彻底离开温暖的有人烟的观测站，朝黑黢黢的山下走去。刚下过雪的南山啊，那么静那么凉，只有我们脚下踩着雪发出的嘎吱声响。头顶是暗弱的头灯也无法照亮的春季星空，仙后在前方指引我们。我们循着车辙往下走，短短的 6 km，平时晨跑这点距离一个小时也不用，我们走了两个小时才走到乡里。

而我们居然走得很平静，星星和我们一起摇晃起伏，脚下嘎吱的雪声听来令人上瘾，周边鲜有民居，偶有民居，必有犬吠。冷吗？走起来其实也不太冷。呼出的白气都消散在这片巨大的大陆深处，消散在星星的注视里，消散在这个怎么也看不完的宇宙里。

链接：http://www.xao.ac.cn/jgsz/ywtz/nsjd/。

第九章

凤凰、莲花与公主
——写在彩云之南

静听宇宙的声音
——走进中国天文台

对我而言,去看天文台野外台站,就是背着包奋力走在地广人稀的祖国边陲,与异乡人把盏言欢,譬如内蒙古明安图、新疆南山、青海德令哈、西藏羊八井。而云南一直不在我的计划之内,湿润隐秘的彩云之南,距离粗糙的我甚远——我热爱人少,羊肉多的地方。

云南的天文台是什么样?和我看过的西北的天文台——皱裂大地上一颗孤独的小白球——不一样吧,是不是在茂密的山林和啁啾鸟鸣中的……一颗孤独的小白球?

纵使有期待,想起要在五一游人如织的时候穿过云南这种旅游大省,我还是头皮发麻。所幸此行有气象局的朋友云姬作伴,旅行应该不会太无聊。带上气象专家的好处还在于事先可以知道天文台的天气,看是否能有机会拍些好照片。云姬殷殷地刷了几天模型,告诉我,天气不怎么样。我安慰她道,去野外看星星,就要有运气不好的觉悟,做好什么都看不见的准备。我扪心自问,虽然心态非常超脱,只要吃到好吃的就不算白来,但好像每次也都很幸运,从来没遇到过天气不好的情况。希望云南也如此,我在我的 Wishlist(愿望清单)里加了很多好吃的。

▶▶▶ 凤凰于飞

我们的航班星夜抵达昆明,睡一觉醒来,吃了一顿名曰饵丝的早饭,是当地的早点,上面飘着红红的辣油,其实并不辣。我们学着当地人的吃法夹几筷子蒜叶和豆芽,放在汤面里一起吃。屋外日光迟迟,良久车流声才渐渐密集,这里是春城昆明。

我和云姬乘出租车从市中心出发向东,在旖旎的春光里不过行了 20 分钟,就到了凤凰山,云南天文台就建在这里。之前我一直以为凤凰山远离昆明市区,和其他野外台站一样,在光害不可抵达之处,每去一个野外台站都要像朝拜一样

第九章
凤凰、莲花与公主——写在彩云之南

跋山涉水、风尘仆仆。然而出租车在新建的傍山楼盘中间拐了几个弯,就到了此行第一站——云南天文台的门口。我感觉十分不习惯——说好的跋山涉水呢?

假日期间天文台门庭稀落。一只小小的狮子狗在门口端坐睥睨,征得门卫同意,我抱起它来,小狗满脸写着不高兴。门卫对我和云姬的贸然来访不以为意,只说假期没有人在里面,叫我们自便。

天文台有人的时候,人可以给你讲天文台的故事、建筑的历史、镜子的功勋;没人的时候,建筑们、镜子们就会自己讲故事。所以我并不在意天文台有没有人。我放下小狗,向门卫道谢,和云姬一起朝里走去。

凤凰山是一座山,海拔 2000 多米,这听起来好像是西南山区一座高峻的雄山。但其实在本身海拔就有近 2000 m 的昆明,凤凰山只是一个小小的土坡——大概和上海的佘山类似。我和云姬沿着车道往里走,路两旁是裸露的黄土和在建的办公楼,我们知道此刻山外蜂飞蝶舞,满城飞絮,而春色似乎还没有上山。

走完水泥路再沿着泥泞的土路走一会儿,视野逐渐开阔,就看到了我想看的东西——40 m 射电望远镜。这是中国 VLBI 网络的 4 个射电镜之一,它与密云 50 m、天马 65 m、南山 26 m 一起,组成了中国的甚长基线干涉网络,为嫦娥号测轨,同时和南山的 26 m 一样,也用于脉冲星的观测研究,而它的反射面和密云的 50 m 很像:中间是实体面板,周围是网状面板。

我们站在它身下的时候它正在转动,齿轮发出巨大的轰鸣,带动望远镜进行地平和垂直转动,今天天上厚厚堆云,它在看什么呢?正想着,云就散了,太阳露了出来。我忍不住笑起来。要说晴天功力,我最佩服的还是我自己啊。

凤凰山 VLBI 射电镜(一)

静听宇宙的声音
——走进中国天文台

看了这么多望远镜，我已经不再纠结于它的构造、它的参数、它看过的东西……有时候我去到很远的地方看一架望远镜，比如说现在，不过就是为了呆呆地看着它，在天空下转动。这比群星流转更吸引我，这是人类唯一能与这个巨大宇宙相对视的东西——孜孜以求的好奇心和逃避孤独的动力。

我们绕着它看了两圈，转身从另一条小径回去，那里花已经开了，大朵大朵绣球一样的花瓣，蜜蜂正在花丛中飞舞。花丛中还有一台蔡司产的 1 m 反射镜。这和来之前我的想象一样——花丛中的白球。和其他天文台站一样，云南天文台也有公共天文台，透明的落地窗内，里面展示着几台天文爱好者常用的小型望远镜，大门外贴着当地天文爱好者协会的活动海报。

在气象工作者云姬看来，这就是一个再普通不过的科研机构了，拥有几个大型观测设施，半个小时就能看完——她不太能理解我们为何在去抚仙湖之前要特地绕到这里来看它。

凤凰山 VLBI 射电镜（二）

第九章
凤凰、莲花与公主——写在彩云之南

因为，因为这是凤凰山啊。

不是有望远镜的地方都叫天文台——按照惯例它们其实大多叫"观测站"，隶属于天文台。国内能"官方"称得上"天文台"的，只有5个：国家天文台（总部）、上海天文台、紫金山天文台、新疆天文台和云南天文台。为什么是云南？为什么是凤凰山？

第一次知道凤凰山是因为紫金山。这两个名字像两个彼此作用的粒子，远隔2000 km却相互纠缠。1937年，日军侵华，浩浩荡荡内迁的研究机构队伍中，除了为人熟知的西南联大外，还有紫金山天文台。时任紫金山天文研究所所长的余青松选定了昆明东郊的凤凰山作为台址，那里远离市区光害，也没有地磁干扰。辗转2000 km，天文台终在此落脚。这紫金山的凤凰一来，就是80年。

余青松被派往桂林之后，年轻的张钰哲来到凤凰山，接替了余青松成为所长，他带领西北的观测队伍远赴甘肃临洮观测日全食，拍摄了中国第一张日全食照片和第一部日全食彩色影片，并写出了著名的论文"Solar Eclipse Observed in China under the Shadow of Japanese Bombers"（"日本轰炸机阴影下的中国日全食观测"）。

这些响彻历史的名字，他们都曾经来过这里、来过昆明、来过凤凰山。

眼前的凤凰山到处是在建的建筑工地，满目黄土和脚手架，找不到半点当初的历史痕迹，新的天文台办公大楼即将建起，城市的边缘吞没了这座曾经没有光害、适宜观测的小山。时间毫不怜惜地将历史碾作尘土，然后重新铸造。

▶▶▶ 莲花

若干年前朋友出差去昆明，住在抚仙湖边的希尔顿，微信群里给我们传回一张在酒店阳台上拍的图片，隔着蓝色泳池和碧色湖水，对面小山上立着一朵盛开的白色莲花和一朵白色蜗牛壳子。那是抚仙湖的太阳塔，天文学家卡兰同学告诉我说。

于是我记住了那朵莲花，还有那个蜗牛壳子。

从凤凰山下来，我和云姬吃了一顿颇有昆明特色的午餐：米线、火腿、炸

静听宇宙的声音
——走进中国天文台

蚂蚱。两人乘大巴颠簸着往澄江走,到了澄江再乘坐三轮车往抚仙湖走。

沿着抚仙湖往南,天色已经好很多,太阳正从云隙里露出光来,光束打在粼粼的湖面上,晃荡着湖面的小船,非常怡人。不多时三轮车开到希尔顿门口,我们下来茫然四顾,周围并无天文台的任何影子。我打开手机看之前卡兰同学的师兄给我的路线,云姬不耐烦地说,问问希尔顿的保安不就好了。我一边说等等啊一边低头翻着路线,过一会儿抬头对云姬说,上面说到了希尔顿问保安。云姬忍了好久才忍住没有翻白眼。我们跑过去问保安哥哥,保安哥哥说:"你们进希尔顿沿着大路往里走到底就是。"

于是我们走进希尔顿的园区,沿着周围草木修剪得齐齐整整的柏油路往里走去,道旁绿植参天,繁花似锦,支路延伸到不远处的尽头是酒店的大楼,像城堡一样层叠,上有繁复的欧式花纹,我和云姬像刘姥姥进大观园一样,开始艳羡若干年前来这里出差开会的朋友。我们一路畅通无阻地往里走,一直走到道路拐弯处,在犹如希腊门廊的建筑前终于被人拦下。穿着迷彩服的安保人员开始盘问我们。

我把登山包往肩上凑了凑,爽快答道,去天文台。安保哥哥依旧警惕,反问道,天文台?天文台也不是随便能进的。我笑答,我们已经联系好了。安保哥哥狐疑地放行,云姬满脸崇拜地跟着我往里走去。

在拐弯处是大片修剪得比望远镜的镜面还平的草坪,阳光斜照,几朵胖云在半空中飘浮,绝似计算机 Windows XP 的桌面,左手处就是傍水而建的希尔顿"城堡",右手远处大概是高尔夫练球场。国内大大小小的天文台我也走了差不多,建在希尔顿酒店里的天文台我还是第一次见到。

道路尽头处似乎距离抚仙湖岸不远了,然而被铁门拦住——铁门旁的招牌清楚无误地显示:到天文台了。

铁门上挂了一只严肃的狼狗头像,底下写着提防恶犬的字样。我们正盯着狼狗挂像出神,一只长得和挂像一模一样的大狼狗冲了出来,对着我们狂吠。我对照着狗的挂像看了又看,真是一模一样,忍不住弯腰笑了。大多数野外台站都会豢犬看门,而且它们一般都享有一定数额的津贴,但这些狗都只是嘴上凶,并不会咬人。

后勤阿姨循声来开门,我们得以进入台内,大狼狗果然噤声,乖顺地跟在

希尔顿的草坪

我们屁股后面往回走,走到宿舍门口停下,可怜巴巴看我们进去。

一路过关斩将,最后顺利抵达云南天文台抚仙湖太阳观测站,心情很难不愉悦。我们叫上大狼狗和一只小一点的狮子狗(外面跑来的),一起往有望远镜的塔楼走去。

除非在空气稀薄的高海拔地区,否则太阳观测站一般都傍水而建,因为观测时间在白天,而湖水可以吸收被太阳加热的空气中的热量,减少大气的扰动。世界上最大的太阳望远镜就建在美国加州的大熊湖畔,而国内除了抚仙湖太阳观测站外,另有怀柔太阳塔,也是在怀柔水库旁边。所以在寸土寸金的抚仙湖畔,天文台与希尔顿比邻而居也是情有可原。

两座望远镜都在湖边,老远就看见两朵白球——莲花和蜗牛壳子。这其实是我自己给它们起的名字。"莲花"是南京大学的 ONSET 近红外太阳爆发探测仪,"蜗牛壳子"里装的是 1 m 红外太阳望远镜。

天色已晚,莲花并没有像几年前照片中看到的那样开着,蜗牛壳子也紧紧

静听宇宙的声音
—— 走进中国天文台

抚仙湖的太阳望远镜

闭合。只能等明天一窥究竟了。我们绕过两栋临崖而建的塔楼，攀着粗糙尖锐的岩石下到岸边，两只狗也跟着我们。

  岸边多是巨大光滑的卵石，覆以鲜绿色水草，碧水摇曳，清可见底，映照天尽头处云隙中的落日，粼粼生光。我们和狗一起坐在石头上，看着眼前仙境一样的景色发呆，几欲陷入一种类似睡眠的安宁。这样美丽的抚仙湖正在被商业酒店、高尔夫会所蚕食，太阳塔可以占据这么一小块，我得以在五一的游客大军中也能拥有一方无人搅扰的水土，真是作为天文爱好者莫大的幸运。

  天黑之后我们又从天文台出来，穿过希尔顿出去觅食，沿河除了酒店，也有当地的农家乐，当地特色"铜锅鱼"这个名字对于饥肠辘辘的我们有很大的吸引力。我们在一户农家的院落里挑中了一条看起来体型较小，游得最活泼的鱼，老板把它捞上来，毫不犹豫地拿起锤子砸晕了它。我"啊啊啊"尖叫着跑回屋子，不一会儿一个颜色粉红的巨大铜锅就被端了上来，里面就是刚才那条可怜的鱼。

第九章
凤凰、莲花与公主——写在彩云之南

"铜锅鱼"这个名字到底具有欺骗性,我们想象中的澄江铜锅鱼,大概是带有泼辣的云南当地风格,应该有着浓烈的汤色和热情的气味,然而粉红色铜锅中是一汪清水,里面盛着雪白的鱼肉和类似香菜香气的植物。

我和云姬同时陷入沉默,我们知道彼此在想什么,早上一睁眼就开始奔波的我们,此刻最不需要的就是这么清淡的食物,哪怕是泡面这么低级的口感,也能比清汤鱼更能安抚行者干涸的味蕾,这也许是为什么长途车上大家都爱吃泡面的原因吧。

不可否认,这是做得非常好的一道菜,没有什么多余的调料,只有抚仙湖的鱼,汤汁鲜美,鱼肉紧实,这是抚仙湖的馈赠。可是我们此刻只想吃一口浓油赤酱的肉。而且这一盆鱼肉真的好多啊,我和云姬吃得几乎要抱头痛哭。

嗜酒的云姬叫了一瓶啤酒佐菜,两人好不容易吃了一大盆鱼并一盘炒蔬(鱼还剩少许,打包),跟跄往回走,云姬拎着半瓶啤酒,她有去外地喝当地啤酒并带回酒瓶放在办公室里插花的习惯。天已经全黑,我们在希尔顿园区微弱的路灯底下走着,啁啾的鸟鸣已经消失,只剩下窸窣的风响。太阳塔应该已经睡了。

太阳塔果然睡了——天文台的铁门锁上了!我和云姬面面相觑,为了这点小事吵醒后勤阿姨当然是不好的!云姬把酒瓶子递给我,自己率先翻了过去。然后云姬在铁门那边,接过酒瓶子,看着我翻。我比云姬笨重很多,踩在狼狗挂像上就卡住了,进退不得。这时候后勤阿姨心急火燎地带着狗冲了出来,看见是我们两个,不由笑得前仰后合。

阿姨开了门禁把我放进来,一边领我们进宿舍一边说,正在传达室里打毛衣,看见监控中一个人在翻铁门,一个人拎着啤酒瓶子在旁边看,还以为是毛贼,吓了个够呛。我们想象了一下监控中的画面,也很不好意思地笑了。说起来,翻天文台的铁门这种事,我好像也不是第一次干了。

早晨万里无云,我醒得比云姬早,自己去食堂吃了早饭,蹦蹦跳跳就出去找狗玩了。宿舍楼往西有篮球场,旁边矗立一个大锅,已经在摇头晃脑地对着太阳做校准。我跑到旁边的观测室,果然有小哥在里面调试,这口大锅应该是一台射电频谱仪,和明安图的太阳成像频谱仪类似。小哥说,湖边的两台望远镜,马上也都要开始观测了。

我和云姬一起往塔楼走,走到蜗牛壳子下面,发现蜗牛壳子不知什么时候

静听宇宙的声音
——走进中国天文台

太阳望远镜的镜身

"蜗牛"壳子

第九章
凤凰、莲花与公主——写在彩云之南

往后退了一些距离,壳子里露出了"蜗牛",那是云南天文台的 1 m 红外望远镜,黑洞洞的镜口直对太阳,镜口黑色大约是因为这是太阳望远镜,镜口有滤光镜所致。我们在楼下揣着手仰着头心满意足地看着脱了衣服的"蜗牛",这时遇见了正准备上楼的观测助手,那是个皮肤黝黑的小哥,小哥遂带我们上楼,脱了鞋子进观测室。

观测助手在天文台是非常重要的角色,他们驻扎在天文台,定时记录、报告望远镜的参数与数据,监测着望远镜的观测任务,按照天文学家的指令调整望远镜。他们兼修天文与设备,与望远镜耳鬓厮磨的时间远比天文学家长,是天文学家的重要伙伴,是望远镜的"管家"。

一进观测室的门就能看见对面墙上挂着的隶书——抚仙湖观测站,那是白春礼的手书。侧面墙上挂着一幅太阳黑子的细节照片,米粒组织清晰无比,像一朵盛开的非洲菊。小哥说这张照片就是楼上的 1 m 望远镜拍摄的。

观测室里已经有两位观测助手在工作,还有一位从凤凰山过来的研究生。

太阳望远镜控制室

静听宇宙的声音
——走进中国天文台

电脑屏幕上显示着我们最熟悉也最陌生的那颗星星——太阳的实时图像，黄黄的圆盘，上面点缀黑子。

落地窗外就是碧波万顷的抚仙湖，脚下开着几树山花，塔楼临崖而建，距离水面尚有些高度，于是从窗户往外看也就格外有气势。我趴在窗边回头冲科学家们感慨道，还是做太阳研究最爽，窗外一定有水，风景必然不错。尤其是这里，抚仙湖。我又把自己贴在落地窗上，看着外面的一望无垠的蓝色，满足地叹了一口气。

过了一会儿，我们离开观测室爬上天台，去看大蜗牛。天台上蓄了约 20 cm 的水，上面有水泥台阶可以通向对面的大蜗牛，蜗牛壳子在我们身后。我一直叫它蜗牛壳子是因为它长得就像个蜗牛壳子。和一般的望远镜圆顶不一样，它……它就像个蜗牛壳子，平时和望远镜身后的挡风板一起遮挡着望远镜，需要露出望远镜的时候就水平向后滑动，像蜗牛一样，望远镜镜身就钻了出来。

我们跟着观测助手踩着水泥台阶淌过水面，直径 1 m 的望远镜正对着太阳观测，这是一台在 0.3～2.5 μm 波段对太阳进行高分辨率成像和光谱观测的望远镜，天台上的是它的眼睛，楼下还有它的 CCD、光谱仪和图像处理系统等设备。观测助手翻进护栏，调整着望远镜身上挂着的设备。

贴近看，望远镜总给人一种无可名状的兴奋感，想到楼下墙上挂着的那一幅非洲菊一样的黑子就是它拍下的，更是一阵说不出的高兴。上午九十点钟的太阳当然无法直视，望远镜却大大咧咧地瞄准着太阳，做着我们无法做的事。

我们看着助手调整。太阳非常好，湖水碧蓝色。不远处希尔顿酒店的沙滩上，游客们穿着白色睡衣躺在伞下晒太阳，有小孩在水边玩。这真是一种奇妙的违和感。我习惯了野外台站草地里蹦出的野兔、成群的牛羊，却未曾想到会有一个天文台站建在希尔顿旁。

平台上视野很好，我们注意到身边另一个圆顶——"莲花"也打开了。那就是几年前我在朋友照片中看到的那朵抚仙湖畔的"莲花"，这是我见过的比蜗牛壳子还要奇怪的圆顶，它的打开方式是像一朵蓓蕾一样"绽放"，每一瓣花瓣都可以向外张开。现在它只是朝着太阳那一面的几瓣花瓣张开，里面的望远镜遂可以露出个头来，指向太阳。想必是不同方向的莲花花瓣随太阳移动的不同方向依次打开合拢，如有延时摄影记录下花瓣的开合，画面一定有趣。它

第九章
凤凰、莲花与公主——写在彩云之南

盛开的"莲花"

是南京大学研制的光学及红外太阳爆发监测望远镜(ONSET)。ONSET 远程调控，塔楼内并没有人值班，我们也只能从外面透过莲花的花瓣，一窥花瓣内望远镜镜身的模样。至此，包括之前在宿舍楼旁边见到的频谱仪，我们已经见到了抚仙湖太阳观测站里的 3 个太阳观测设备。中国有 3 个太阳观测站：一个是在京郊怀柔的怀柔太阳观测基地；一个是内蒙古明安图的明安图太阳射电观测站；还有一个就是这里，抚仙湖太阳观测站。其中怀柔和抚仙湖的设备都是光学镜，故在水边，粼粼的波光总是陪伴着看太阳的人们。

我和云姬又从崖边下到河岸，在岸边野餐，吃的是我们在昆明吃剩的诺顿火腿、昨晚吃剩的铜锅鱼，还有食堂阿姨炒的热菜，以及我路过小杂货店突发奇想买的一小罐鸡枞菌。

天文台的科学家们来来往往的这么多，大约总有几个，会像我们这样，带着饭下到岸边野餐吧，那些装满了宇宙的大脑面对碧水蓝天会想些什么？近在咫尺的是寸土寸金的希尔顿，然而这世界总有一些角落，是无论贫富都得

抚仙湖的潮水

以享受的，比如太阳、比如抚仙湖、比如知识和对眼前一切的好奇心。贫富的差距无法剥夺这些，而这些是我此刻能够安然坐在这里享受阳光与美食的原因。

▶▶▶ 公主的传说

  Karlan 同学是个吟游诗人一样的天文博士生，总有机会到处开会，游历了好多天文台。他有次和我说，在丽江开会，去了高美古。高美古在丽江旁边，那里有一座 2.4 m 望远镜，泰国诗琳通公主曾来参观过。

  我和云姬告别了抚仙湖太阳塔淳朴的观测助手小哥，友善的后勤阿姨和那两只表面凶狠内心温柔的看门狗，回到昆明，夜晚搭乘火车，去往丽江，去那公主曾去过的地方。

  夜车清晨抵达丽江，我们走出车站，迎着远山的雪顶往北走，那是玉龙雪山，

第九章
凤凰、莲花与公主——写在彩云之南

在居民楼林立的街道尽头，远在天边又近在眼前。我们在路边吃了一顿饵丝，又走了一会儿，到达南方天文观测基地。我们见到了 Karlan 的师兄，师兄给即将上高美古的郑向民老师打了个招呼，我们和一台米德 10 寸施卡一起坐上了郑老师的车，晃晃悠悠地离开丽江，前往高美古。郑老师说晚上有公共天文观测活动，施卡是为活动准备的。

小面包车在丽江郊外的丘陵宛转前进，路过大片大片的农田（抑或是茶园），天气晴好，我和云姬心情类似小学生去郊游，无忧无虑。窗外远远的地平线上有两只白球蹦入视野，我们问郑老师是不是到了，郑老师说那是气象雷达，"天气预报娘"云姬很开心，此行终于有了她可以说得上来的东西。云姬是标准的北大理工女，智商很高但一般常呈现出呆萌样，在文史哲方面惊人地无知，天文知识储备并不多却一点就通，能举一反三。和她一起去天文台像带着一个聪明的小孩，告诉她这新世界种种的同时，自己也重新打量着自己已知的，和她一起学习自己未知的。

车在丘陵世界起起伏伏，窗外的树木逐渐变化，从阔叶到针叶，两小时后微觉胸膛发闷，我们到了海拔 3200 m 的高美古。据说，在纳西语中，"高美古"是"比天还高"的意思。你如果在网上搜索高美古，大多数信息都来自于天文爱好者，少不了有着雄壮望远镜圆顶作为前景的星空照片，好像那里天然就是个天文观测胜地。而在十几年前，云南天文台选定高美古建立观测站之前，高美古是丽江城西南边玉龙纳西自治县的一个小村，不过 20 户人家。从网上少得可

城市里的玉龙雪山

静听宇宙的声音
——走进中国天文台

怜的信息来看,如果不是天文台建在这里,大概不会有多少人知道高美古。然而,这当然不是要感谢天文台为高美古带来了流量和声名,恰恰相反,要感谢的是高美古给天文台张开了一方繁盛的星空和空气稀薄带来的绝佳视宁。

这里和大部分野外台站一样,围栏圈起一片地方,里面有不同机构的望远镜和生活区。我们的车开过大门径直往里走,路边矗立着大小形状各异的望远镜圆顶,生活区和观测区被一大片高大的杉树林隔开。小径在杉树林里蜿蜒,忽然杉树林退出视线,眼前一朗,一大片开阔的小丘,星星点点散布的望远镜塔楼中,轻易就能见到最大的那个,2.4 m 望远镜。

我趴在车窗内抬头看它,比兴隆的 2.16 m 望远镜还要大,圆滚滚的,是一座再典型不过的光学望远镜塔楼,没有太多特点,只是大,真大呀。

车停在塔楼下,郑老师把东西拿进塔楼,我们跟着进去,高原的太阳瞬间被铁门关在屋外。一阵森然的凉意中,我们摸黑沿着旋转楼梯上行。高原气短,上一会儿歇一会儿。郑老师已经轻车熟路上到三楼的时候,我们还在二楼喘气。

南方天文观测基地

2.4 m 望远镜和兴隆的 2.16 m 望远镜很像,我喘着粗气站在门口,看到了它,这架反射式望远镜的钢铁骨架漆着朴实的蓝色和白色(2.16 m 望远镜是绿色),骨架组成数个三角,稳固支撑镜体,镜体周身挂满线束和仪器——务实的现代工业审美,很科幻又无比现实。刘慈欣写他看《光明王》的感触——儒勒·凡尔纳的科幻有各种蒸汽和管道,这是蒸汽时代的科幻;我们现在的科幻有各种钢铁机器与可见的计算机、线路,这是第三次工业革命后的科幻;而《光明王》则更像是一种未来的科幻,没有钢铁机器、计算机、各种线路,人变成了神。

第九章
凤凰、莲花与公主——写在彩云之南

2.4 m 望远镜塔楼

我忍不住想象多年以后,它出现在博物馆内,未来的人们惊讶于我们用如此有限的机械和电子知识,探索高红移的星体,在那时候的人类眼里,它一定如我们眼中的伽利略望远镜——简陋又令人敬佩。

我们走出观测室,站在圆顶墙身俯瞰观测区,大风吹得我们快要掉下去了。西北方向是墨子号量子通信卫星的三大地面站之一,另外两个在河北兴隆和新疆南山;东南方向则有中国与西班牙合作建设的全自动望远镜,用于观测伽马暴与

2.4 m 望远镜

179

静听宇宙的声音
——走进中国天文台

瞬变源，它是个六边形的小屋，2012 年建成；还有一个望远镜的观测室与控制室分为了两个小房子；另有一个新的圆顶，是中泰两国为庆祝诗琳通公主 60 岁寿辰而建的 70 cm 全自动望远镜。

中国人熟知的诗琳通公主会讲中文，通诗书，善音乐。此外，这个儒雅的公主也是个天文爱好者。如开头 Karlan 所说，诗琳通公主的高美古之行，促成了一系列中泰两国的天文机构合作。诗琳通还去过佘山天文台和贵州的 FAST。而我还在网上看到，她曾 2009 年赴上海、2016 年赴印尼看日全食。2009 年上海下雨，诗琳通公主于 2016 年在印尼的特尔纳特成功看到了日全食——这是国内很多天文爱好者都体会过的悲欢。从小读着诗琳通的故事长大的我，对她又有了更立体的认识。除了公主的头衔和博学的盛名，她是和我们一样的，心中充满热忱的天文爱好者。

中午我们在生活区吃饭，屋外草地上开满了蒲公英花，我和云姬学着站里老师的样子，端着大碗到屋外坐在蒲公英花中间的石头上吃饭。我的晴天功力

墨子号量子通信卫星地面站

第九章
凤凰、莲花与公主——写在彩云之南

又一次发威,大风吹散了云,周遭一切都亮了起来,满世界都是黄澄澄的蒲公英花。这里的吃食多是不远处大棚里种植出来的,同时还养了几只鸡。鸡旁边拴了一只黑狗,职责是驱赶夜里偷鸡的黄鼠狼。黑狗在日头下暴晒,没有水喝,后勤阿姨说,只能中午喝一次水,否则夜里会冷。黑狗老远看到我们就狂吠,摇着尾巴唤我们过去陪它。

野外台站豢养的狗,舒服的如抚仙湖的大狼狗、明安图的萨摩耶;也有过着如西藏羊八井的小白那样的,海拔 4000 多米,一窝只有一两只能长到大,还有眼前这只小黑狗,拴在树下活动不得,一天只能喝一次水,白天暴晒晚上挨冻。

午饭过后天气愈发好,我们在观测区四处溜达,观测区周围都是茂林,随便走走就是完美的 hiking(徒步旅行)路径,随处可捡到比脸还要大的松果。我和云姬在林子里乱窜了一下午,这是西南山区的森林啊,高大的松树遮蔽了头顶的天空,空气中弥漫着植物腐烂渗入土壤的气息,仿佛刚下过一场春雨。

后来我们站在中泰合作 70 cm 望远镜的圆顶旁看了一场孤独的日落。丽江

蒲公英盛开的生活区

静听宇宙的声音
——走进中国天文台

市区过来参观的人已经到了，我们远远看着小车开到 2.4 m 望远镜塔楼前的空地上，下来三三两两的人，进入塔楼，不一会儿塔楼的圆顶打开了一个缝，然后圆顶就在夕阳下转了起来。

我们身边 70 cm 望远镜塔楼上挂着的风速标嗖嗖地飞转着，圆顶也在转动，倒衬托着 2.4 m 望远镜背后的彩云移动得格外慢、衬托着太阳落下得格外慢、衬托着时间格外慢。

我们站在圆顶旁边，在大风中看着暮色逐渐吞没四合。天黑下来之后，观测区就禁止有灯光了。我在网上看到过很多张星空下的 2.4 m 望远镜的照片，但今夜毫无疑问我更想做个守规矩的人。

其实我只是困了想睡觉。我并不是一个合格的天文爱好者，一到晚上我就想睡觉。无论白天如何跋山涉水才抵达观星的目的地，当繁星升起来，同伴们开始架设器材时，我就想找地方睡觉了……

这是云姬第一次跑很远看漫天繁星，自从在崇明看过一次极限星等在五等

中泰 70 cm 望远镜

高美古的晚霞

的星空,这个在上海长大的小囡对西南山区的天空就充满了期待。所以我刚睡没多久,就被她摇醒,吵着要我带她出去看星星。我看了看表,十点多。她使劲晃我:"外面好多星!"我迷迷糊糊地说:"哦,你先下去,等我半小时。"然后又睡着了。

云姬带着我的相机下去了,一边等我一边在群里聊天。群里有经常和我一起出去的朋友不忍心,对她说:"你别等了,她醒不来的。"云姬于是打开我的相机决定依靠群里各位朋友的力量琢磨怎么拍星空。结果打开相机发现我设置的语言是法语的。云姬气得差点冒烟。在微信群里朋友的哄笑中,云姬骂骂咧咧地回到房间第二次把我摇醒。我看了看表,十二点。银河还没上来,我迷迷糊糊地说:"三点叫我。"说完又睡倒了。

到了三点,我再也没有理由睡觉了。今夜高美古被银河照耀得璀璨生光,我自己也知道再睡下去就要在中国天文爱好者心目中的圣地错过这个完美的夜晚。

静听宇宙的声音
——走进中国天文台

日落里的 2.4 m 望远镜

高原的冷风吹得人面如死灰。我和云姬走到杉树林边缘停住了——我不打算把灯光带入观测区，云姬表示理解。何况在哪里看星没什么区别，我本来就是个观星者，不是摄影师。我和云姬站在树下，抬头看着低头俯瞰我们的星空，满足地吸了一口稀薄的凉气。

星空像大海一样深，满世界都是闪亮的冰晶，淡绿色的气辉在长曝的照片中清晰可见，像大海里飘摇的海藻。这是旅行的终点，每次旅行的终点，让人甘心沦陷，又让人奋不顾身。

东北方向隐隐有光，那是丽江城区，再远就是玉龙雪山、哈巴雪山和虎跳峡。今夜我和它们一起看星星。

第九章
凤凰、莲花与公主——写在彩云之南

玉龙雪山与玉液湖

第十章
天眼：伟大工程
——贵州500 m球面射电望远镜

第十章
天眼：伟大工程——贵州 500 m 球面射电望远镜

▶▶▶ 天眼在远方

我的高中同学王天挺——就是《北京零点后》的作者——为天眼 FAST 和它的设计者南仁东各写过报道，就在我前年想去 FAST 结果碰壁之后，网上和纸媒都流传甚广。当时我计划和牧夫的解仁江同行，并准备了无人机。解仁江联系好了站上的老师，但在成行前几天被告知，这段时间谢绝一切外来访客，我们参观 FAST 的计划遂搁置。

此后我陆续去了国内外别的天文台，到现在国内的天文台就只剩下 FAST 没有去过。其间王天挺的报道出来，我读了又读，喜欢之余略带酸涩——纵然不愿承认，我也深知，王天挺写得极好，我再写也只是狗尾续貂。这是我急于寻找方法去 FAST 的一部分原因。当然还有另一层原因，类似 LAMOST 或者 FAST 这种所谓"国之重器"，它们太大、太沉重，我试图表达的任何看法或感情，都是受到限制的。且不论这种限制的出发点和结果可否以好坏来评价，有一点可以确定，我作为写作者，并不喜爱这种限制。

于是一直拖到今年端午，没法再拖，书稿交期在即，再往后短期内都没有长假。我惯于提前一两个月设置周详的计划，亢奋又焦躁，而这次只在放假前一天，站在办公室里阴郁地对着窗外看了一会儿，抬起手机恹恹地定了单程机票。

我看好了从贵阳到 FAST 的路线：从机场出发乘坐机场大巴到金阳客运站，再坐长途客车到克度，再寻车到平塘，再步行或寻别的办法进山。我对这种舟车劳顿的方法非常习惯且甘之如饴——这才是去到人迹罕至的天文台的常态。然而 FAST 没有给我这个有如藏民朝拜的机会，站上的赵工为我联系了司机，我下飞机即可乘车直达 FAST。因此，我也无缘体会人们口口相传的当年 FAST 开拓者们一步一步在黔南山区寻找台址的艰辛。清晨，我背着大包擎着咖啡满脸倦容地在机场门口等车，结果开来一辆浩浩荡荡的大巴，把我的困意吓走了一半。我不知所措地坐上只有我一个人的大巴，车很快开离市区，颠簸的山路恶作剧般地把滚烫的咖啡泼溅在我只穿了短裤的腿上。我嘶嘶地吸着冷气，看

静听宇宙的声音
——走进中国天文台

向窗外，窗外是黔南山区的秀丽山色，薄云荫翳，路边老奶奶穿绳边衣裳背竹篓踽踽而行。旅行路上的新鲜事物如早晨的鸟鸣，逐渐唤醒倦怠迟钝的心绪，我开始意识到自己在贵州了。人说贵州"地无三尺平，天无三日晴"，还没到目的地，我已体验得差不多。所以，虽然还是勤勤恳恳地背上了相机和脚架，但我并不指望能够拍到望远镜与星空这种经典又俗套的镜头。

说起天气，除了 FAST 之外，中国境内的非光学望远镜——青海德令哈的 13.7 m 毫米波望远镜，西藏羊八井的亚毫米波望远镜，内蒙古明安图的射电阵，还有分别建于京郊、沪郊、新疆、云南的 VLBI 甚长干涉网络——对天气的要求都没有光学望远镜那么苛刻，当然毫米波和亚毫米波观测对水分子敏感，需要比较干燥的条件，以及明安图的射电阵做的是太阳观测，需要一定的晴天数。但像 FAST 这样建在常年阴雨潮湿地区的，还没有别的天文台可堪比较。当然，这又岂是 FAST 唯一的独特之处。FAST 刚一"出生"，就背负着各种"唯一""最"之类的标签，全世界的目光都投向这个与众不同的"婴儿"。

车在山谷与隧道间穿梭，路过好花红时在服务站休息，站上树了几个粗糙

第三届国际射电天文研讨会指示牌

第十章
天眼：伟大工程——贵州 500 m 球面射电望远镜

的塑料雕像，用隶书标注"维达""阿凡达""ET 外星人"和"外星人"，令人有非常不好的预感。重新上路，经过断杉，又零星看见与周遭完全不搭的装饰，如隧道口的"天秤座"浮雕——令天秤座的我非常莫名。过边阳后类似这种稀奇古怪的天文元素越发多、越发集中。到克度时，镂着星座的路灯四处可见，广场上空漂浮着行星的图案，各式宾馆、饭店，都以天文为名，仿佛一场主题派对，大家还未习惯自己的新身份，却已微醺，带着隐秘的笑容心照不宣地狂欢。望远镜的到来彻底改变了这个闭塞的小镇，天文在这里也变换了模样。

车在一家亦以天文为名的酒店门口停下，门口有第三届国际射电天文研讨会的指示牌，我才恍然大悟，我乘坐的这辆大巴是空车自市区出发，来接与会客人的，我也因此得以搭顺风车到这里。看日期，射电天文研讨会已于昨天结束，站上的赵工刚刚送走一拨客人，在酒店门口等我，接到我之后我们开车进站。车驶离小镇进山，没开多久就进入电磁宁静保护区，低头一看手机信号已全无，然而距离 FAST 园区尚有 15 分钟蜿蜒的山路。类似兴隆山上的 LAMOST——LAMOST 作为光学望远镜，需在一定范围内禁止光源——FAST 禁绝电磁信号，道理是一样的。

FAST 生活园区看起来像一个隐秘的居民小区，掩映在黔南山区春天的锦簇花团之中，这是个非常有设计感的楼，中有庭院，覆以假山和绿植，赏心悦目。赵工为我在前台办理入住。前台妹妹是个皮肤黑黑的本地姑娘，在记录本上翻了片刻，对赵工粲齿笑道："就是昨天张老师说要来的那位作家？"我勉强扶住桌子才站稳并且保持神色不变有如"作家"。赵工从包里掏出一堆小桃子给我，说是昨天摘的，桃子咕噜

生活区（远处可见群山）

静听宇宙的声音
——走进中国天文台

馈源舱吊塔

大锅一角

一下滚在桌子上。我也从包里掏出一个巨大的奶糖形状的大白兔奶糖礼盒回赠赵工。我们一见如故,相识不过半小时就称兄道弟了。工程师有工程师的直率与质朴,是我在接触天文台时常常体会到的。

>>> 伟大的工程

我和赵工从生活区步行到望远镜,路上看到两位和赵工差不多的工程师,开着电动小车迤迤然前来,我们也坐上车,路上小车崩掉了一个小弹簧,几个人嘻嘻哈哈修了一会儿,又坐上去继续开。几个人一路拿这个小车开玩笑,小车在山路上颠着,道边尽是山色,突然毫无预兆地前面就出现了FAST望远镜的一角和它巨大的馈源舱吊塔。即便只有一角,也不会认错,在照片里看了无数次。

我一时不知道说什么好,从车上跳下来到山崖边,俯视着这个人类历史上口径最大的射电天文望远镜。年轻的人类在这个亿万年间自然形成的大圆坑中间,用精妙的物理和强悍的材料,架起了一台信号接收器。

赵工也跟上来,问我:"感觉怎么样?""讨厌,"我在心里说,这个时候不要说话。此刻我眼泪快要掉下来了,心情也非常复杂。我为我一直以来对FAST的忽视感到抱歉。我自恃去过大小天文台无数,难免自以为是地评头论足,我忽视加在望远镜身上的标签,却犯下和给它加上标签的人一样的错误——忘

第十章
天眼：伟大工程——贵州 500 m 球面射电望远镜

与大锅"亲密接触"

记了望远镜本身。

人们夙兴夜寐地建造它，是为了向外张望。世人加在它身上的沉重负累，你可以也应该拨开来看它的啊。我对自己说。

我跟随赵工，轻轻踩上望远镜球面反射板边缘的钢网，绕着望远镜走起来，脚下是 8 mm 厚的钢网和与地面 40 m 的距离，身边就是 500 m 的铅灰色反射板，周遭巨大的无数三角组成的稳定钢结构之外是高峻的山崖，空气湿湿的，有工人在安全绳的保护下漆着钢网防止锈蚀。走了一会儿，500 m 这个数字就不再有意义，因为大脑的适应系统正在适应这不合常理的规模，远近的群山变矮，大锅变小，只有脚下一步步实打实走完的一圈——500 m 乘以 3.14，一共 1570 m——才能让我感受到它真切存在的大。我再抵触它"最大"的标签，也不得不承认，它真的很大啊！

"望远镜真的越大就越好吗？"有人反问我。我答："是啊！"人类焚膏继晷，前赴后继，从哈勃到 JWST，从凯克到 TMT，从阿雷西博到 VLA，都是为了更

静听宇宙的声音
——走进中国天文台

几何的美（走在大锅边缘）

大，更远。射电望远镜和光学望远镜尤其是反射镜的原理并无本质上的区别——它们接收的都是不同频段的波——它们的原理几乎都是以大型凹面镜将光或者别的波聚集，然后反射到接收器或目镜上，经过处理，变成数据。因此，这台射电望远镜纵然有多种独特之处，从外观上看也不外乎由反射面和馈源舱这两大基本组件构成。反射面越大，就越能聚集更多信号。所以，的确，如果其他条件不变，望远镜越大越好。

国内外的射电望远镜——综合孔径射电阵除外——无非都是以底座支撑反射面，再以钢结构在中间架起馈源舱（有的会加上副反射板以改善反射效果），外表上看与我们经常看到的民居外面的无线电视信号接收器，或是雷达站天线，并无二致，原理本来也就一样。然而FAST没有选择固定的馈源舱，而是在反射面板周围架起吊塔，以高强度钢索悬吊馈源舱，不用时馈源舱可以收回反射板底部。这就比固定位置的馈源舱更加灵活了。我和赵工还有同行的一队摄制组的导演一起攀上130 m高的吊塔——这些吊塔因为地基高度不一，所以各自高度不同，以保证顶端高度一致。恐高的我像一只受到惊吓的考拉，抱住栏杆

第十章
天眼：伟大工程——贵州 500 m 球面射电望远镜

从馈源舱看大锅

不敢撒手，不敢上去更不敢下去。低头看锅更小了，而在锅边缘钢网上走的时候并没有感觉吊塔有多高。这是我以另外一种方式体会到了 FAST 的大。

塔顶有风飒飒，吹干了我的汗（冷汗和热汗），绵延的山遮挡住了云的流迹和我的视野，时间与空间的动态都看不真切了，天地间只有一汪深深的深深的眼，年轻的眼，镶嵌在古老的山水里，它看脉冲星，比古老的山水更古老的悸动。对于脉冲星来说，年轻的人类的眼和古老的地球的山水大概并无区别，就如我进入克度时看见的那些天文元素和穹顶下不眠不休的科学家也并没有高下之分，几千年前人类看向天空的眼睛和此刻这只举世无双的钢铁的眼，亦是一样。我们是一体，是过去也是未来。

我们回到地面，同行的摄制组导演饶有兴致地问我们，此大锅是否如外界所说，可以接收到外星人的讯号？我和赵工都笑了，赵工说，FAST 本意并非为接受外星人信号设计，但也许某天，会收到。

因当天望远镜没有观测任务，我们又得以乘车下到大锅底部，近距离看到反射面的细节，和馈源舱的真容。大锅由 4295 块三角形钢制密网拼成，中间有五

静听宇宙的声音
——走进中国天文台

三角形反射面板拼成了这个 500 m 的球

馈源舱和下面的望远镜"绝对中心"

边形空洞以安放泊在港内的馈源舱，馈源舱在正中悬吊，正下方圆点就是望远镜的建设基准点。三角网以五边形为起点向周围拼接，遂有五个大区，一直拼接到顶端，加装四边形钢网使边缘齐整——这就是我们看到的大锅了。然而大锅并非凭空而立。周围又有 2225 座钢筋混凝土基墩，有三根或四根锚杆的基墩，上部安装促动器，再通过下拉索与主索网相连，牢牢将大锅撑起，而与此同时，大锅下还有 2225 根促动器，促动器用以微调反射面形状，和 LAMOST 的镜面一样，传感器接受指令，精确微调，使反射面实现变位抛物面，进而进行观测。促动器自地面伸出，将大锅往下拉，在重力之外给大锅施加额外的拖拽力，所以这 2225 座基墩为保证重力平衡，还在外围又额外加装了一圈钢结构。钢网下野草蔓生，传感器从野草丛中伸出，整齐划一地拉拽着钢网，有如热带雨林里悬吊的藤蔓，又像科幻电影中的场景，极具工业时代美感，几何的美，齿轮的美。此外反射面中间插有 23 根测量基墩，其上有全站仪，用以实时测量反

第十章
天眼：伟大工程——贵州 500 m 球面射电望远镜

钢铁的森林

射面的坐标。我站在馈源舱舱室往外看，正好可以看见全站仪的镜头正像只猫头鹰一样，旋转着自己的脑袋，四处探测。我又像地鼠一样从测量基墩的孔洞里冒出头来，这才有机会看清楚钢网的细节，钢网细密有如普通筛网，镀有阳极氧化膜，可减缓锈蚀速度。当然，在潮湿的黔南，金属的锈蚀并不能完全避免，所以诸如圈梁–格构柱，促动器这类部件的保养、维修和更换，都是一件持续进行的事情。FAST 的设计寿命是 30 年，但实际上，所有模块都是在不断维护的过程中，所以实际使用寿命并不止 30 年。

巨大的望远镜有如一座现代技术应用的博物馆。材料、力学、电子、化学……还有美学。望远镜看的是过去，也关乎未来。这大概是我一直痴迷看天文台的原因。

同行摄制组的摄像师盖上镜头盖子，忽而面对着这片索缆的森林感慨道，这又是一部"伟大工程"。我心里一动，问他："您说的是伟大工程系列纪录片？"他微微一笑道："那是我参与拍摄的。""伟大工程"，我心里默念了几遍，将来的史书上会这么记载 FAST 吗？

静听宇宙的声音
——走进中国天文台

监测基墩

我和赵工走在路上，还见到了各式"老朋友"。路上迎面走来的清癯中年人，赵工告诉我，这就是用 FAST 第一次发现脉冲星的徐工；在食堂吃饭，我正和赵工说着自己在羊八井的见闻，就见羊八井观测站的李首席端着餐盘笑眯眯到我们桌前坐下了。这真是个神奇的地方，拥有我喜欢且熟悉的一切东西，望远镜、花草、猫狗、好吃的、认识的人……我和赵工说，上次逛天文台这么开心，还是去内蒙古的时候。说完我想起了自己还没到 FAST 时候的不情愿，有点不好意思了。赵工微微笑起来，问我："那现在呢？"我又欢脱起来，蹦蹦跳跳地说："这里啊！"

▶▶▶ 拓荒

赵工从 2009 年起在站上工作，可以说是 FAST 建立的见证者了。他熟悉这里的每一根钢筋，山里每一株草木。他给我介绍这里的每一只猫狗：有只叫函函的狗见证了 FAST 的建成，是元老，跟在人后面爬到过馈源舱吊塔顶（所以说起来，我连狗都不如）；后来来了只野狗，大家遂叫它野函函，已经很老，眼睛半瞎，每天晒太阳而已，不理人；马犬大虎是新来的，一岁不到，有次吃鸡骨头差点卡死，最终被赵工他们救活，但一直瘦瘦的，它还有个女朋友，一只黑色野狗，咬死过猫，所以自知有罪，见人就逃窜。狗在野外天文台站是个重要的存在，有的台站如抚仙湖，甚至会专门拨款豢犬，用以台站安防和除鼠患，但我私下想，更多还是因为野外台站太寂寞了，需要点毛茸茸的陪伴吧。我跟

第十章
天眼：伟大工程——贵州 500 m 球面射电望远镜

在赵工屁股后面，他随手就能摘到好吃的野果子给我吃。我一路上吃到了覆盆子、桑葚、香椿芽、黑遛遛、杨梅、鱼腥草，手上沾满了浆果的果汁，吃得不亦乐乎，没走回生活区，已经吃得半饱。赵工和他的同事们在这里豢了猫狗，在空地上种满了向日葵和别的颜色鲜艳的花。园区里花草绿植错落，有小河道从中穿过，河道里有鱼和龟还有虾（不过被大虎给捞出来吃光了）。

赵工带我走到向日葵花田里，摘下一颗，一边仔细地寻找着瓜子，一边对我说，可知脚下也曾是大坑，FAST 修建时挖出的土，全堆在了这里，就形成了这块平地。

雾霭穿越群山，我站在毛茸茸的向日葵中间，痴痴地望着人们创造改变着的这一切。我大概可以想象 FAST 初建时这里的荒凉，镇上和园区肯定不比现在，大率是要什么没什么的。然而他们还是驯化了这里，无数个赵工拨开了丛生的杂草，寻到了好吃的果子，种出了向日葵，养了毛茸茸的猫狗朋友，建成了 FAST。人类的命运在千万年前人们第一次好奇地看向天空那一刻起，就决定了，人们胼手胝足，以原始的方式从最原始向文明攀爬，今天与过往并无二致。

人们种上的向日葵和其他花草

PART 3

第三篇
众里寻它千百度

第十一章

47°的北极星

第十一章
47° 的北极星

洪河观测站并不是一个有太多可说之处的野外台站。从属性上来讲，纵然它是紫金山天文台的 6 个野外台站之一，但其实它履行的任务大多是空间碎片检测，与中国航天事业有关，与严格意义上的天文观测却难有交集。

然而我还是想去看看。一是看看这个全中国最北端的观测站，到底可以冷成什么样子；二是一般观测站所在的地方，星空都不会太差。而我已经有一段时间没看到星星了。我看了看地图，那里是我在国内可以抵达的最北、最东端。

每次想去野外观测台站，最烦神的就是"怎么去"的问题。它们大多在公共交通难以抵达之处，然而你仔细研究它们的位置又会发现，每个观测站又各有自己的难走之处，以往经验都不太适用，不是一辆车开过去就可以的事情，得重新规划路线和走法。譬如南山，你得大清早赶天文台的早班车；抚仙湖，先坐大巴到澄江，然后坐蹦蹦车过去；羊八井，最好还是找当地包车……

洪河说复杂也不复杂，若是想去，有飞机和火车两种路线。乘飞机的话，到抚远或佳木斯都可，下来后乘车行 100 km 可达；坐火车的话，就直接到洪河站，下来不过 3 km 的路。

前提是你得买到火车票——这是哈尔滨开往黑龙江东端的唯一一条线路，提前十几天即告售罄。我当然是意料之中情理之外地没有买到硬卧票，又不想在硬座车厢过夜，遂和台站上的刘工商议，我坐飞机到佳木斯，托刘工寻一位司机来接我。偏巧我耽于瞻仰圣索菲亚大教堂的威严，因此又误了当天到佳木斯的唯一一班飞机。到东边的火车一天也只有一班，卧票也早已售罄，只得咬牙坐硬座的夜车到洪河。

这其实也不坏，我得以以另一种方式体会东北的冷。我坐在彻夜明亮的车厢里，仿佛回到清贫的大学时光，唯一不一样的地方是车窗以肉眼可见的速度结冰。窗外就是白雪皑皑的三江平原。纵然暖气开足，靠在厢体上仍可感受到凉意。对面佳木斯的老奶奶，把自己的胰岛素靠在窗边脚下。

慢车停停走走，从西到东，也没有太快的速度，我迷迷糊糊地听到洪河的报站时，是四点多。我睡眼惺忪地下车，顿时被冷风剥去全身体温，每个细胞

201

静听宇宙的声音
——走进中国天文台

观测站外的三江平原

都缩成了一团。

观测站的刘工已开车在站门口等我，我无暇多顾，只匆匆抬头看了一眼，这座偏僻的小城有着繁盛的星空，北极星高高的，提醒着我——现在已在中国东北三江平原的洪河农场的腹地，东经133°、北纬47°，在中国最东端，也是最北端。

洪河观测站主要负责空间碎片的监测。换言之，这并不是严格意义上的天文台站，更近似于中国航天项目的一个地面站。这些年它执行过的一些任务，包括"神舟""嫦娥一号"等也证明了这一点。

小站就是几栋楼房围起来，在周遭一圈居民楼中间，泯然众楼，毫不起眼，只是顶上3座白球略略将其区分开来。

国内的天文台站总有一些边界模糊的地方是我没法触碰的，譬如这里。我大概知道这3座白球里装的是怎样的设备，却无缘得见。我来这里也并不想亲眼看看摸摸设备什么的。我热爱参观天文台，看里面装着的各种设备，但更多时候是个没什么原则的旁观者。看不到设备也没关系，进不了天文台也没关系，

第十一章
47° 的北极星

观测站外景

跑几千千米就看几眼,也没什么关系。

　　我在宿舍楼里休息到天亮——比北京时间略早——暖气片上的窗户凝结了一朵巨大的冰花,把日光分解成彩色。我盯着冰花发了一会儿呆,穿好衣服出门去,推开宿舍楼的大门需要分外的勇气,外面冰天雪地,日光斜照,拒人千里,好像在火星上。一条大金毛在雪地里上蹿下跳,看见我就像看见亲人。野外台站多獒犬,大多名叫"小白",然而这只金毛叫安娜。"安娜,安娜",站上工作人员唤它,将它的

窗户上的冰花

静听宇宙的声音
—— 走进中国天文台

绳子解开,它开始在雪地里扑腾。中午刘工他们友善地邀我和他们一起吃饭。食材从市场采购,市场上的肉菜又多从外地购得,冬天的三江平原,还是可以吃到颜色鲜艳的菜果的,因此大家也其乐融融,聊着琐事。他们好奇地问我,为什么要来这里看这么单调的几栋小楼。

站上的工作人员多是当地人,修工科,懂设备。但,这里无人懂天文。这在天文观测的野外台站其实挺常见。天文学家一年里只会来两三次,住几天,调一调机器。野外台站遂成了土生的模样,吃当地的米和水,聘用当地的技术人员,和周围浑然一体,看到的也是当地的星星——别处都看不到的,47°的北极星。

它们和严格意义上的天文台逐渐形成了差别,洪河站尤甚。大概这是我遇到过的距离天文台最远的天文台,但它确实是个天文台。确切地说,它是天文台的一个触角。这也是为什么我想来看看它的原因。

天文台是一个复杂的概念。中国的天文台,"中枢神经"多在城市——研究机构、数据处理中心、院校等,相当于"神经末梢"的野外台站则延伸到人迹罕至之处,代替天文学家的双眼。从这一点上来说,和美国散落各处的天文台形成鲜明对比,但远程遥控确也是目前天文台发展的大趋势之一。有人哀叹远程遥控时代的到来,让人们渐渐失去了抬头看天空的机会。科技带来更多便利的同时总伴随人类哲学式的自问,对于这点我不置可否。而我自己倒是很乐意"按图索骥",沿着这些脉络,一路来到这些"神经末梢"所在之处,抬头看看47°的北极星。

第十二章

紫玉兰的梅马

静听宇宙的声音
——走进中国天文台

朋友圈里看到一位天文爱好者朋友在盱眙，遂问他，紫苑的紫玉兰开了没有？他很快回，旺盛得很呢！我在几个经常一起去盱眙的伙伴们当中一说，气氛顿时欢腾，大家说，什么时候去盱眙吧，正是跑梅马的季节呀！

在我们几个经常一起出去观星的朋友心中，盱眙是和梅马连在一起的。每年四五月，大家在群里招呼一声，收拾出几架望远镜并相机脚架赤道仪，再加上两件御寒的衣服，就匆匆赶到火车站，坐火车到南京，在客运站等大巴的间隙里买杯机榨的橙汁，然后到铁山寺。

铁山寺是跑马山上的一座寺庙，也是这片地方的代称，跑马山是盱眙郊外的一个小丘。据不可靠文献，此丘大约得名于其顶部开阔平坦可跑马。我们从大巴上下来，从主道往上走，路过一座并没有望远镜的球顶天文台，沿着春日的花树往里走，走到一个叫紫苑的院子里住下。院内繁花似锦，尤其是一株百

紫苑的春天

第十二章
紫玉兰的梅马

余岁的紫玉兰,一到春天就开满紫色花朵,掉落满地。我曾爬上去过一次,胳膊被粗糙的树皮划得伤痕累累,一如我小时候干的事。大家在落英缤纷的院子里调试机器,江南的柔美和身边金属的望远镜器材形成异样的反差,令我常常追想。到夜晚金星上来或者月亮落下的时候,我们就移步到山腰,到那个假球顶那里去。假球顶其实是个素质教育基地的产物——它多大程度上惠泽了当地学生,我不得而知,唯一能确定的是那宽敞的二楼平台,是夜晚观星的佳处,实实在在地恩及了我们这些天文爱好者。旁边依傍着一棵高大的泡桐树,一直长到比二楼平台还高,到春天也洒落满地泡桐花,是南天星空绝好的地景。我常常会把掉落的花瓣误认为是流星,欢呼过后留下失望的叹息,像落在地上的泡桐花。

不需要用到电跟或自动导星的时候,我们就扛着望远镜步行5分钟从紫苑到这个平台,对着银河略略曝一会儿光,就能曝出裂隙的细节和颗粒感,以及银河下的泡桐和假球顶常年被雨水侵蚀留下的锈迹。我们就在这里跑梅马。我们有过一台折射,一台马卡,一台信达小小黑,

老树落英

趁天亮时大家在院子里调试机器

静听宇宙的声音
——走进中国天文台

平台上的泡桐

最光辉的时候还有过一台 200 牛。我们也有过 10 寸的道布森，不过以盱眙的暗夜条件来说，并不十分值得我们大费周章地把道布森搬上去——早年我们刚开始去盱眙的时候，尚没有许多灯光，最后一次，也就是 2016 年去的时候，旁边已经建起了度假山庄，夜晚灯火通明。偶尔我们也在紫苑二楼凉亭看星，因为可以用接线板接电上去，自动导星。凉亭脚下就是山谷，里面有人养了孔雀，至夜便"啊～啊～"地叫，悠长诡谲。白天我们困得东倒西歪，睡到中午，坐电动三轮车下到山脚下吃小龙虾。

梅马的季节，看银河的季节

第十二章
紫玉兰的梅马

我们这群穷学生,走最便宜的公共交通,肩挑手提,在灯网如织的江浙寻得这一片稍暗的星空,跑过了数年的梅马,学会了架设望远镜、调焦、寻找天体,熟悉了数种器材的操作,认识了各种各样的星云、星团、星系,从 M1 到 M110。泡面和小龙虾喂饱了我们的饥肠,落入眼底的梅西叶天体比课堂更能滋养我们。一直以来,一提及"盱眙"这个词,我们脸上就不由自主浮现出笑意,想起那一个个清贫的夜晚,丰盛的夜晚。

然而我们很少去想山上的那个天文台。

我们都知道山顶上有一个真正的天文台观测站,但谁也没费心去看过。直到有一天,天公不作美,我们瞅准天气预报铁山寺大晴天,跑过去到了晚上却乌云盖顶,一颗星子也看不到。百无聊赖的我们决定去山顶观测站逛一逛。经过一番波折最终入得观测站控制室,其实也没有什么好看,和所有观测站的配置一样,显示屏上跑着数据,机房隆隆运转。夜晚的控制室并没有人,望远镜远程控制和自动运行已经是非常成熟的技术。这里其实是紫金山天文台的 6 个

盱眙观测站(一)

静听宇宙的声音
—— 走进中国天文台

野外观测站之一，楼上穹顶下静卧的应当是一台 105 cm 的施密特望远镜，加载 4 K×4 K 漂移扫描 CCD 探测器。施密特望远镜的特点是视场较大，一般用以近地天体、人造卫星或太空碎片的观测。

我们在这里看了这么久的星星，如果不是那次天气突变，我们可能根本不会想到去看看这里。这大概也是它冥冥中的一种呼唤——它大概是太无聊了。它是我见过的最默默无闻的野外台站了。这种寂寞不是羊八井观测站矗立于四野无人的青藏高原的那种寂寞，也不是青海德令哈观测站和新疆南山观测站被白雪掩盖的那种寂寞，而是它分明身处天文爱好者中间，却遥遥相望。

天文爱好者与专业天文工作者之间的隔阂普遍存在，遑论台站驻站的工作人员多是工程背景的观测助手，他们能熟练操作设备，对天文本身却未必了解（我曾在一个野外观测台站拍星空时遇到一位好奇的观测助手，问我是不是可以拍到银河，彼时银河正在天上）。科普工作也不是国内大部分天文台职责的一部分。我个人非常爱逛美国的天文台，有成熟的参观活动和专业的解说，还有我最喜

盱眙观测站（二）

欢的礼品店，可以买到各种带有天文台 logo 的纪念品，价格昂贵，但你一想到这些天文台得不到国会支持，囊中羞涩，随时可能关闭，纪念品是重要收入来源之一，也就乐于为人类的科学研究慷慨解囊了。

好在目前国内对于天文的重视程度都在提高，各地天文台都正与当地的旅游、科教项目结合，在科普上不断做出尝试。我们在盱眙经常流连的假球顶所在的平台，其实就是盱眙观测站与当地合作的素质教育基地。埋头调试望远镜的我们偶尔也会看见山里打出熟悉的绿色激光，一定是前来观星的调皮学生用指星笔打出来的。也许就是年轻时候的我们。无论如何，我们心中的盱眙和观测站是有着千丝万缕的联系的。它再沉默，也是滋长了一些幼嫩的新芽的。

POSTSCRIPT
后 记

一年前我在美国新墨西哥州的阿尔伯克基，我们的小车在草原中车轮滚出来的土路上犹疑不决地缓行，路边竖着绘有牛形的警示牌。我们在寻找 VLA 甚大阵——因电影《超时空接触》而声名赫赫的射电望远镜阵列。谷歌地图恪忠尽职地描绘出所有可行的小道，佳明导航告诉我们应该直行，然而前方上了锁的木栅栏挡住去路。是我们走错了还是地图标错了？焦虑在同伴中蔓延。太阳以肉眼可见的速度西沉，再找不到甚大阵就要来不及了。

然而车外的景象似曾相识，我陷入了一种奇怪的时空交错，仿佛置身科幻小说。突然恍然大悟，我跳下车，不顾身后同伴的呼喊，踩在刚下过阵雨还泥泞着的土路上，跑到木栅栏前，摸到铁链上的铜锁，轻轻一掰，锁打开了。我解开铁链，奋力推开木栅栏，车在同伴们的欢呼中开了过去。

车上同伴们问我："你怎么知道栅栏是可以推开的？"我说："我去过中国内蒙古的明安图射电阵。那里射电阵建在牛羊遍布的草场，路上设栅栏，防止牲畜靠近天线破坏设备。站上的司机任大哥带我从外面进站，走一段路就要停下来，下车去把栅栏打开，上车开过去，再下车把栅栏关上，再回车上继续开。"我一边说着一边看向窗外，射电望远镜像列队的士兵不断略过我们的视野，我想着远在地球另一边的草原上的明安图射电阵，被一种莫名的情愫感动得快要流泪了。

我在明安图射电站度过了一个风雨交加的夜晚，看到了闪电、银河、木星和月亮。天地间仿佛只我一人。我从未如此深刻地感受到天文的孤独。

本书关乎国内大小天文台，和明安图观测站一样，我去到的那些人迹罕至的观测站，仿佛是大海中的孤岛，鲜少与外界发生联系。然而，这并不是一部中国天文的"百年孤独"，中国天文无时无刻不在和国际天文产生着联系和交流。

散布在世界各地的天文台观测站，没有一个是孤立的事件，在时间上和空

后 记

间上，它们都有所联系，串联起来就是一部近现代天文发展史，和国际天文的交流地图。这些天文台在时空中组成了一个四维的望远镜阵列，人类得以跨越时间和空间，去窥探时间和空间。

抛去这些宏大的想法不谈，我还是常被问及"天文台有什么好看的"这样的问题，提问者常常就是驻观测站的工作人员。于他们大部分人而言，天文台就是个工作机构，每天上下班的地方。中国的天文科普又不如美国发展完善，国内的天文台并无多少参观项目，也没有琳琅的纪念品商店，有的甚至就仅仅是个小站。

然而这几年我还是和它们度过了很快乐的时光。我是个散漫的人，兜转在国内大小天文台，拍很随意的照片，写很随意的文章。大部分情况下我是一个人，无论是去兴致勃勃地看望远镜，还是和天文台里的人们聊天，抑或干脆是游走在野外，看着星空下摇头的望远镜，漫无目的地想着科幻小说里的片段，都没有太多的目的性。地方偏远，我和它们相处的这些时光不会有第三者知道，我和它们的对话转瞬就会被旷野的大风吹走，消散在宇宙间。天文台是旅行中的一部分，很难与在场别的东西——我漫无目的的想法、路边的野花牛羊、路上遇见的人——完全区分开来。就像明安图射电阵或是VLA，它们与外面的世界只用虚掩的木栅栏隔着，来探望它们的人轻轻一推，就质朴地展开了。这是我能想到的天文台最好的模样。

人是我漫游在中国大小天文台站的过程中，遇到的最美风景。我胆大心不细，却总是很幸运，遇到满怀善意的人。天文台站的老师、工程师、工作人员，是我见过心地最淳朴的一群人，我冒冒失失闯入，他们总以最宽和的微笑待我，从不计较，使我不曾暴露于旷野的风雪。每次贸然打电话或发邮件请求观测，总能收到他们热情的回复，为我安排；待我到站上，又总有驻站的工作人员迎接我，为我准备食宿、为我介绍站上的一切。特此鸣谢天文台站的老师、工程师、工作人员：

紫金山天文台：王思潮、张旸；《天文爱好者》杂志：李鉴、张恩红、苏晨；兴隆观测站：陈颖为、袁凤芳；德令哈观测站：闫正洲；羊八井观测站：两位不知名的观测员小哥；南山观测站：宋华刚；高美古观测站：王建国、郑向民；抚仙湖观测站：王建国；洪河观测站：张伟、刘忠江；佘山观测站：汤海明；

气象博物馆：云姬；明安图观测站：颜毅华、陈志军、任建喜；FAST：张蜀新、赵保庆；青岛观测站：孙立南、孙恒阳。

  没有你们，我无法走完中国的天文台。

  另外，本书的出版还得到了很多支持：北京市科协提供了科普创作出版资金，国家天文台兴隆站和袁凤芳女士无偿提供了封面图片，很多天文台站的老师和朋友对本书内容进行了指导和修改，在此深表感谢！